LES AVEUX

Du même auteur
chez Sonatine Éditions

Une confession, traduit de l'anglais par Laurence Romance, 2019.

John Wainwright

LES AVEUX

Traduit de l'anglais
par Laurence Romance

SONATINE ÉDITIONS

Directeur de collection : Arnaud Hofmarcher
Coordination éditoriale : Marie Misandeau et Marine Vauchère

Titre original : *The Tenth Interview*
Éditeur original : Macmillan London Limited

L'auteur est représenté par Sara-Jane Richardson
et Marie-Cécile Renauld

Sonatine Éditions
32, rue Washington
75008 Paris
lisezsonatine.com

Ouvrage réalisé par Cursives à Paris

ISBN 978-2-35584-813-1
N° d'édition : 813 – Dépôt légal : novembre 2020

LES DÉCLARATIONS DE L'INDIVIDU

Ça m'a fait un choc quand j'ai compris que j'étais le plus sérieusement du monde en train de peser les avantages et les inconvénients qu'il y aurait à empoisonner Norah. Ce n'était pas du genre « ce serait tellement bien si » ou autres pensées au conditionnel. C'était une réflexion consciente sur les moyens d'y arriver et le choix d'un poison.

Je n'avais même pas pensé à elle.

Un couple de jeunes gens en vacances se comportaient de manière suspecte dans la pharmacie. Ils s'attardaient devant les lotions solaires tout en lorgnant de manière évidente le recoin où était installé le miroir convexe permettant de surveiller la plupart des rayons depuis le comptoir. Je pouvais presque lire dans leurs pensées. Lorsqu'ils se sont dirigés vers le présentoir des lunettes de soleil, je savais que c'était parce qu'ils avaient compris que cet emplacement échappait au champ du miroir.

Je m'étais approché de l'armoire aux poisons. De là, je pouvais les observer à travers l'espace entre le rayon des articles de toilette pour hommes et celui des aliments pour bébés. Pour justifier ma présence, j'avais mis la main sur la poignée de l'armoire.

Mes yeux suivaient les adolescents, mais mon esprit se porta là où ma main s'était posée. Derrière la porte fermée se trouvait tout un ensemble de médicaments réglementés et de poisons. Je connaissais la place de chacun d'entre eux et les quantités exactes que j'avais en stock. Quasi dans l'instant, je pris conscience de la facilité avec laquelle je pourrais...

Un des adolescents glissa une paire de lunettes de soleil dans la poche arrière de son jean.

Je l'interpellai en lançant un « hé, là ! » et comme je m'élançais, ils coururent hors de l'établissement et se ruèrent sur la promenade.

« Que se passe-t-il ? »

L'employée m'avait rejoint sur le pas de la porte et devina ce qui venait d'arriver. Indiquant une direction, elle s'exclama :

« Ils sont là. En train de tourner devant le Beaconfield.

– Tant pis. »

Je la fis revenir à l'intérieur.

« Mais ne devrions-nous pas… ?

– Non. »

J'avais répondu avant même qu'elle finisse de formuler sa question.

« Ils sont hors d'atteinte. La police n'a pas l'ombre d'une chance de leur mettre la main dessus. »

Elle parut un peu dépitée, mais se conforma à ma décision sans essayer d'argumenter.

Je retournai à la pharmacie et m'apprêtai à l'afflux quotidien des clients. Il était un peu plus de cinq heures de l'après-midi, l'heure à laquelle une foule de patients munis d'ordonnances des deux plus proches cabinets se hâtait avant la fermeture de six heures. Bref, c'était une journée de travail ordinaire, excepté cette idée lumineuse : il était possible d'empoisonner ma femme sans risquer d'être découvert.

Je me détachai de cette pensée pour me consacrer à mes préparations, une tâche qui demande une grande concentration.

* * *

Une fois la dernière gélule comptée et mise en bouteille, mon assistante partie et la porte fermée à clé, je revins à mon officine afin de tout préparer pour la journée du lendemain. C'est alors que je m'autorisai de nouveau à examiner sous divers angles l'idée interdite.

Je m'efforçai d'être rationnel. Je me posai des questions précises en essayant d'y répondre sans détour.

Pourquoi avais-je envie de l'empoisonner ? Pourquoi voulais-je la voir morte ?

Bref, quel était mon mobile ?

À première vue, il n'y avait pas un seul et simple mobile, mais une myriade de petites choses qui, prises séparément, ne suscitaient qu'un léger agacement.

Comme exiger que je porte toujours une cravate : « Herbert, il y a un minimum attendu dans la façon de s'habiller. Si tu tombes en dessous, tu passes pour négligé. » Ou son refus de comprendre mon intérêt pour la philatélie : « Herbert, ce sont les petits garçons qui collectionnent les timbres. Pas les hommes adultes. » Ou encore son penchant jamais démenti pour les repas constitués de plats préparés : « C'est plus frais. Ils les congèlent *immédiatement*. C'est aussi plus facile à faire. »

Des désagréments, sans doute, pas des *mobiles*. Absolument pas ! Mais ils étaient innombrables et duraient depuis une éternité.

Nous étions mariés depuis vingt-six ans et nous avions une fille qui, voici quelques années, s'était elle-même mariée et vivait ici, à Rogate-on-Sands, à moins de deux kilomètres d'où elle avait grandi.

À y repenser, je crois que Jenny avait rendu tout cela supportable. Elle avait été comme un baume sur une plaie ouverte. Mais une fois l'onguent disparu, les petits coups de poignard d'une douleur exaspérante s'étaient multipliés.

Et pourtant...

Un sourire amer m'est venu aux lèvres en me remémorant combien Norah avait été une *bonne* épouse. Ô combien. Demandez-lui et elle vous le dira elle-même. En fait, si l'occasion lui en est donnée, elle le fera spontanément, sans se faire prier. C'était une bonne épouse, de celles qui ne regardent aucun autre homme, une femme qui vous transforme une maison en foyer, qui cuisine mieux que la plupart, se montre peu dépensière, se débrouille en couture et s'avère capable de tenir une conversation sur des sujets pas trop compliqués. Elle était nette, droite. Aussi bien à propos d'elle-même que de la maison. Elle s'exprimait correctement. Elle était tout cela et donc irréprochable.

Sans aucun doute.

Selon les standards en vigueur à l'Institut des femmes et chez ses amis du Cercle féminin de la ville, qu'elle conviait régulièrement chez nous pour se délecter de café et de ragots, cela ne *faisait* pas de doute.

***

J'avais posé mes mains sur la rambarde de la promenade et je regardais la mer. La marée était montante, le soleil déclinant et, comme à l'accoutumée, c'était magnifique. Un incertain rayon jaune safran provenant de l'astre couchant perçait difficilement la brume d'une mer d'Irlande inhabituellement calme.

« La route dorée vers Samarcande. »

Il y a des années – un siècle –, nous nous tenions à ce même endroit, regardant ce même spectacle sublime. Nous étions des adolescents, pas encore abîmés par la saleté de la vie. Nous contemplions le même soleil sur la même mer et tous deux nous avions chuchoté les mêmes mots.

« La route dorée vers Samarcande. »

Ce n'était pas une de ces coïncidences presque incroyables qui se produisent de temps à autre au cours de la vie. Nous étions scolarisés dans le même collège et dans la même classe. Le dernier cours avait été celui de littérature anglaise et nous avions abordé Flecker, sa phraséologie et son sens de l'image dans *Hassan*. Nous avions ensuite quitté le collège ensemble et avions emprunté la promenade pour rentrer chez nous, faisant halte pour regarder le soleil plonger dans la mer à l'horizon.

« Désirant connaître ce qui ne doit pas être connu. Nous avons pris la route dorée vers Samarcande. »

Ce fut, je crois, la première fois que je lui prêtai réellement attention. Je l'avais certes remarquée, mais pas davantage qu'une autre de mes condisciples. Je savais que son père était un comptable du coin et elle, de son côté, n'ignorait pas que le mien était l'un des pharmaciens de Rogate-on-Sands. Mais c'était tout ce que l'on connaissait l'un de l'autre. Ça et nos noms de famille respectifs.

À partir de ce moment-là, nous nous sommes rapprochés. Sans devenir intimes. Du moins pas avant beaucoup plus tard. Quoi qu'il en soit, nos vies se déroulaient parallèlement puis très progressivement elles se mirent à converger et nous devînmes amis, puis confidents.

Impossible de déterminer avec précision le moment où c'est arrivé – quand il fut admis que nous allions finir par nous marier et vivre ensemble. J'imagine que cela avait dû être évoqué et même peut-être tenu pour acquis, mais il n'y eut rien de définitif avant que j'aie fini ma formation, que je devienne un pharmacien certifié et travaille aux côtés de Père à la pharmacie.

Ensuite, la chose fut acquise. Nos parents étaient amis, alors nous l'étions aussi. Tout le monde fut ravi quand nous nous fiançâmes officiellement puis quand, un an plus tard, nous nous mariâmes. Il n'y avait là aucune passion. Pas de grand amour enflammé. Lors de notre nuit de noces, nous étions tous les deux vierges et tenions ce fait pour courant.

Je ne cherche ni prétextes ni excuses. Toute ma vie j'ai été ennuyeux. Au mieux introverti, timide – pour ne pas dire distant – avec les inconnus. Si on me le demandait, je me décrirais comme un « solitaire », mais le mot « esseulé » conviendrait aussi. Ou même « isolé ».

Pourtant, au début et pendant nos premières années de mariage, nous partagions une certaine quiétude et cela semblait suffire. Ce qu'aucun de nous deux n'avait compris, c'est que quiétude et ennui se rejoignent. Et que l'ennui peut faire naître de mauvaises pensées qui, à leur tour, peuvent amener à de mauvaises actions.

***

Rogate-on-Sands est, du moins je crois, selon les critères actuels, une station balnéaire plutôt tranquille. Sa population avoisine les quatre cent mille âmes. À partir du mois de mai, elle grimpe progressivement pour atteindre son pic au mois d'août avant de redescendre à son chiffre initial à la fin septembre.

J'y ai vécu toute ma vie. Et toute ma vie j'ai aimé cet endroit. C'est ce que toute station balnéaire devrait être, agréable et calme, ce qui est rarement le cas. Il y a de longues plages de sable, mais pas d'ânes et peu de seaux et de pelles. Il n'y a pas d'étals de fruits de mer ni de vendeurs de sucres d'orge et barbes à papa. La restauration proposée s'adresse, avec succès, à une certaine catégorie de personnes, ce dont peu d'habitants se plaignent.

La ville peut se targuer d'un hôtel trois étoiles, le Beaconfield, de plusieurs dizaines d'hôtels de moindre standing et d'innombrables pensions de famille. Elle est appréciée des retraités aisés, qui y voient un endroit paisible où terminer une vie pas trop fatigante. Des personnes plus actives viennent aussi y chercher de brefs moments de répit au milieu de leurs vies stressantes. Les quartiers résidentiels ont la part belle et les rues où prédominent les habitations en briques rouges ont vu beaucoup de ces dernières transformées en appartements modernes et bien équipés. On trouve également des pubs tranquilles où on peut boire et se restaurer d'une cuisine simple et de bon aloi.

Voilà Rogate-on-Sands. Norah et moi, nous en faisions partie au même titre que Rock Walk ou la minuscule jetée victorienne.

***

Ce soir-là, j'étais rentré à la maison par la promenade, et j'étais morose. D'un point de vue moral, j'étais déjà un meurtrier. Ma décision était prise et il n'y manquait plus que le passage à l'acte. À présent, je trouve étrange – voire effrayant – de n'avoir jamais envisagé d'autre solution. Norah allait mourir, parce que j'allais l'empoisonner.

Cette certitude rendit toutefois mon comportement un peu bizarre. Tous les trois pas, je chancelais légèrement, comme si j'avais des difficultés à rester concentré pour ne pas entrer en collision avec les autres passants. J'avais aussi des troubles de la vision. Comme si j'étais un peu éméché. Je dus d'ailleurs m'arrêter à plusieurs reprises pour respirer profondément. Cela parut m'aider sur le moment, mais l'impression de vague hébétude ne tardait pas à revenir.

Norah n'était pas à la maison et n'y serait pas avant neuf heures et demie au plus tôt. La troupe amateur locale d'art lyrique était en répétition pour une représentation de *The Yeomen of the Guard* et Norah aidait à je ne sais quoi en coulisse.

Une espèce de repas m'attendait sur le plan de travail de la cuisine. Un de ces plats préparés emballés dans de l'aluminium et sortis tout droit du congélateur d'un épicier du coin. Plus une bouteille de poiré anglais en guise de vin de table.

Ça m'était égal. Je ne suis pas un gourmet, je ne l'ai jamais été. J'ai lu les indications sur l'emballage et placé le plat dans le four avant d'aller prendre une douche rapide.

J'ai mangé le plat directement sur le plan de travail. Je n'arrive même pas à me rappeler ce que c'était, encore moins son goût. J'ai bu le poiré – toute la bouteille – mais on aurait dit de l'eau.

Ensuite, je suis allé dans le salon où je me suis servi un whisky pas très fort, j'ai feuilleté le *Radio Times* et j'ai essayé de regarder un documentaire qui paraissait intéressant. Mais je n'arrivais pas à me concentrer et mes efforts pour y parvenir m'agaçaient un tantinet. J'ai donc coupé la télévision, je me suis assis sous la lumière tamisée d'une lampe et j'ai siroté mon verre en laissant mes pensées vagabonder.

***

Au début, nous partagions un même amour de la musique. À l'époque, la radio, et non pas la télévision, était la principale source de divertissement de notre foyer. Il nous arrivait aussi d'aller au cinéma. Et nous assistions au moins une fois par mois à un concert. La visite des magasins de Manchester se terminait souvent par un concert donné par le Hallé Orchestra. Parfois on se rendait le soir à Blackpool – hors saison, bien sûr – pour écouter un autre grand orchestre à l'Opera House ou au Grand Theatre. Et Rogate-on-Sands avait ses propres musiciens et orchestres de chambre.

Il y avait donc la musique, mais avec le temps, je me rendis compte que nos goûts musicaux différaient. Ou peut-être que musicalement aussi, nous avions divergé.

Ses goûts se limitaient à l'opérette. Elle ne dépasserait jamais Offenbach et Johann Strauss fils. Sa préférence, ainsi que je le découvris, allait aux comédies musicales et au pseudo-classique. Pour ma part, je trouvais ça ennuyeux au possible, mais je ne disais rien. J'étais prêt à subir la frivolité pour le salut de l'harmonie conjugale. Contrairement à Norah, je ne considérais pas (et toujours pas) la musique du *Prince étudiant* comme le sommet ultime de l'art lyrique et musical, mais je m'accommodais de ses choix.

Elle se refusa à toute réciprocité.

Mes dieux étaient Brahms, Beethoven, Tchaïkovski et, de temps à autre, un peu de Stravinsky. Je ne me lassais jamais des opéras de Mozart, et Verdi, dans ses meilleurs moments, pouvait me donner des frissons.

Il y avait donc ce grand fossé entre nos goûts musicaux et, bien que j'aie tenté de le combler, Norah n'essaya jamais de dissimuler le profond ennui que lui inspirait ce qui me plaisait.

Ceci posé, avoir des goûts musicaux différents ne constitue pas un mobile de meurtre.

***

Si seulement Jenny avait pu être encore avec nous...

J'ai toujours aimé Jenny. Avant même qu'elle ait un prénom, quand elle n'était encore qu'un minuscule nourrisson emmailloté dans un berceau à la maternité, je l'aimais déjà plus que je n'avais jamais aimé qui que ce soit au monde auparavant. Et plus que quiconque depuis. Elle était l'enfant de Norah, notre enfant, mais c'était *ma* Jenny.

Après sa naissance, je n'avais pas voulu d'autre enfant. Certains hommes désirent avoir un fils, pour perpétuer leur nom. Je trouve cela stupide et arrogant. Quels « noms » *méritent*-ils d'être perpétués ? Quelles familles ont une importance telle que le monde serait moins abouti sans elles ? Je ne voulais pas de fils. Jenny était une raison suffisante d'avoir vécu.

Puis elle a grandi, et tout au long j'ai essayé d'en faire une personne accomplie. Pas juste une femme accomplie... une *personne* accomplie.

J'ai essayé de lui apprendre la tolérance et la bienveillance. À la lumière des événements présents, de tels propos pourront paraître bien hypocrites, il n'empêche que j'ai réussi, et c'est tout ce que je peux dire. Elle est allée à l'école que Norah et moi avions fréquentée et, sans être particulièrement brillante, s'y est montrée bonne élève. Elle aimait être à l'extérieur et différait en cela de ses parents. Elle avait quantité d'amis et même quand ils devenaient un peu tapageurs, je ne pouvais m'empêcher de sourire, heureux devant le bonheur de Jenny.

C'est alors que Norah a commencé à s'intéresser à des organisations féminines. Au début, j'ai cru que c'était un prétexte pour quitter la maison quand Jenny y amenait ses amis. Puis, petit à petit, elle a fait la connaissance de toute la clique des femmes de Rogate-on-Sands fréquentant ces associations. Elles lisaient des magazines sur papier glacé dont je trouvais les sujets insignifiants et superficiels. Elles négligeaient leurs rôles d'épouses et de mères au bénéfice de leurs petites personnes.

Cette superficialité, je n'ai jamais pu la comprendre.

J'aurais pu, je suppose, rejoindre un équivalent masculin de ces organisations, mais je n'en ai jamais eu envie. Je connaissais les hommes, les maris des amies de Norah, pour avoir parfois discuté avec eux au pub du coin quand j'y déjeunais sur le pouce. Ils m'avaient ennuyé, avec leur bonhomie bruyante, leurs fanfaronnades et les histoires interminables de leurs affaires et conquêtes charnelles.

Savoir que j'avais Jenny me réconfortait.

Je restais à l'écart et la regardais grandir. Émerveillé de la voir doucement devenir une adolescente, j'ai peut-être ressenti un peu de tristesse lorsqu'elle s'est muée en jeune femme. J'ai enduré les souffrances de tout père quand elle a atteint l'âge des rendez-vous galants. J'ai compris que le temps de la mise à l'épreuve était arrivé. Tout ce que je lui avais appris – toute l'expérience indirecte que je lui avais patiemment transmise – était en jeu : elle pouvait choisir d'y puiser ou non. Les tentations étaient là. Les incitations aux excès et aux expérimentations inédites. À ses dix-huit ans et malgré l'opposition de Norah, je lui ai donné une clé de la maison.

« À toi de prendre tes propres décisions, mon trésor. Pour le meilleur ou pour le pire. Si tu as besoin de conseils, nous sommes là. Si tu prends une mauvaise décision – et tu en *prendras*, nous le faisons tous –, nous serons toujours là. Tu ne trouveras ici ni reproches, ni blâmes. Seulement du réconfort et de l'amour, et un endroit où se réfugier quand on est blessé. »

Un peu plus tard, une fois que nous avons été seuls, Norah a protesté.

« Tu aurais pu attendre quelques années.

– Ce n'est pas mon avis.

– Qu'elle soit en âge. Qu'elle ait vingt et un ans.

– C'est une génération différente, Norah. À dix-huit ans, ils *sont* en âge, de nos jours. »

Je ne dirais pas qu'elle voulait que j'aie tort. Elle aussi aimait notre fille, je savais qu'elle s'inquiétait mais elle n'avait pas cette foi inébranlable en Jenny. Elle l'aimait moins que moi je l'aimais. Beaucoup moins et de très loin…

L'INTERROGATOIRE

I

« Mais pourquoi, bon Dieu… », hurla l'inspecteur-chef. Il se tut, respira profondément par le nez et prit place à la table de la salle d'interrogatoire. Il fixa un moment l'homme qui était assis en face de lui, puis, sur un ton plus tranquille et plus amical, lui dit :

« Pourquoi, bon Dieu, n'avez-vous pas simplement divorcé et l'affaire aurait été réglée ?

– Pour quel motif ?

– Incompatibilité d'humeur. Je ne sais pas, moi. Vous auriez pu aller chez n'importe quel avocat et demander. Ce n'est pas dans mes compétences, mais j'ai l'impression que de nos jours, divorcer est aussi facile que de payer sa redevance audiovisuelle.

– Elle n'aurait jamais accepté.

– Et vous pensez qu'elle *aurait* accepté que vous l'empoisonniez ?

– Non. Bien sûr que non.

– Vous êtes fou. En êtes-vous conscient ? Vous êtes complètement fou.

– Non, dit l'homme en secouant la tête. Avec vous, avec la police, tout est blanc ou noir, mais la vie n'est pas comme ça. La plupart du temps, la vie est grise. Parfois gris clair, parfois gris foncé, tout en nuances et demi-mesures. Mais grise. C'est ça, la vie… une suite de compromis.

– Avez-vous empoisonné votre femme ? »

L'homme hocha la tête en guise d'assentiment.

« Délibérément et de sang-froid ?

– Délibérément, mais pas de sang-froid.

– Mon brave… »

L'inspecteur-chef semblait avoir quelques difficultés à se faire comprendre.

« Le meurtre par empoisonnement est la façon la plus délibérée que je connaisse d'ôter une vie. De toutes, c'est la plus préméditée. Entre la décision, absurde, le choix du poison et comment l'administrer, il y a une dizaine d'opportunités – pour ne pas dire une *centaine* – d'y réfléchir à deux fois, mais *vous* ne l'avez pas fait. Vous n'en avez rien fait ! Vous avez continué droit devant et l'avez empoisonnée. Ça, à tous points de vue, c'est du sang-froid.

– Selon votre point de vue, dit l'homme en souriant. Et il est très limité, vraiment très limité. »

Il fit une pause, puis ajouta :

« Je ne la haïssais pas, vous savez.

– Quoi ?

– Je ne la *haïssais* pas. Je la détestais seulement. Je voulais la quitter aussi dignement que possible… vu les circonstances.

– Vous avez *tué* cette fichue femme. Si ce que vous me dites est vrai…

– C'est tout ce qu'il y a de plus vrai.

– Vous l'avez *assassinée.*

– Et si j'avais divorcé ? À supposer qu'il y ait eu un moyen, une quelconque astuce légale, et que nous ayons divorcé ?

– Elle serait toujours en vie.

– Ça aurait été cruel, dit l'homme, solennellement. Divorcer aurait très cruel.

– Je ne comprends pas. Je ne vous suis pas.

– Toutes ces associations féminines dont elle faisait partie, qu'auraient-elles dit dans son dos ? Et Norah l'aurait su. Elle n'était pas idiote. Elle l'aurait su, et ça l'aurait blessée plus que tout.

– Donc, ironisa doucement l'inspecteur-chef, vous l'avez tuée par pure bonté ?

– J'ai choisi le moindre mal. C'était une femme seule, inspecteur. Ce qui doit aussi être pris en considération.

– Seule ! Et toutes ces associations, tous ces clubs ?

– Ce n'étaient pas des amis. Seulement des connaissances. Elle n'avait pas d'*amis*. Elle était comme moi. Elle ne se liait pas facilement d'amitié. De simples connaissances qui se seraient moquées d'elle. Si nous avions divorcé. Alors que là, ces personnes se "souviennent" de Norah sans mépris. On ne se moque pas d'elle. On ne rit pas d'elle. »

Jenny a rendu tout cela vivable. Quand Norah et moi nous sommes lassés l'un de l'autre – quand devoir supporter même brièvement la présence de l'autre est devenu un véritable fardeau –, elle a rendu ça supportable. Elle était comme un baume sur une plaie et, quand elle s'est mariée, le baume a disparu. La blessure s'est étendue puis infectée. Il fallait recourir à la chirurgie lourde.

Je pense encore que, malgré nos difficultés, nous avons été de bons parents. Par un accord tacite et mutuel, nous avons évité de nous disputer devant elle. Elle n'a jamais su quelle épreuve fut notre mariage.

Ça n'a pas été trop difficile. La plupart du temps, j'étais à la pharmacie pendant la journée. Et Norah passait le plus clair de ses soirées avec ses diverses associations féminines. Le dimanche, nous allions tous les trois à la messe du matin puis, l'après-midi, Norah faisait une sieste de quelques heures et je me retirais dans mon bureau où je me consacrais à ma collection de timbres. Jenny avait bien sûr sa propre chambre et entre ses devoirs d'école, son tourne-disque, les amis qu'elle recevait et ce qu'elle choisissait de regarder sur la petite télévision que j'avais installée pour elle, nous formions rarement un trio, une *vraie* famille.

Le plus difficile, c'étaient les vacances. Je les limitais à une quinzaine de jours par an, sans compter, bien sûr, Noël, Pâques et les divers jours fériés. Mais ces quinze jours étaient une véritable épreuve. Pour Norah aussi… C'est certain.

Une année, je me rappelle, Jenny avait alors douze ans et un de ses amis d'école avait passé ses vacances sur les canaux. Jenny avait très envie de l'imiter et l'idée semblait bonne. Des vacances tranquilles, à aller d'auberge en auberge, à regarder défiler des paysages bucoliques, à se détendre loin de la course folle du quotidien.

Grands dieux !

Dans l'espace limité de cette embarcation, avec de quoi se laver et cuisiner de façon rudimentaire.

« Je me sens sale.

– Maman, c'est excitant. C'est différent.

– C'est répugnant. Même pas civilisé.

– Norah, ma chère, dis-je pour la calmer, c'est là tout l'intérêt des vacances. S'éloigner de la "civilisation". Se relaxer.

– Je n'aime pas les couchettes. Je ne peux pas supporter l'idée qu'il y a peut-être des rats à bord.

– Maman, ce ne sont que des rats d'eau. Tu n'as pas lu *Le Vent dans les saules* ?

– Bien sûr que j'ai lu *Le Vent dans les saules*, mais ce n'est pas pour ça que j'apprécie les crapauds, les rats ou même les taupes.

– Maman, aie un peu le sens de l'aventure », plaida Jenny.

Il y avait un petit point d'abordage un peu plus loin, et avant que Norah puisse mener plus avant son sabotage, j'entrepris de diriger le bateau vers le point d'arrimage en lançant : « Jenny chérie, il y a un débit de boissons et une petite boutique juste là. J'ai envie de sucre d'orge. Tu veux bien débarquer et aller m'en chercher quelques-uns, s'il te plaît ? »

J'attendis que Jenny s'éloigne sur la terre ferme avant de me tourner vers Norah.

« Tu es en train de lui gâcher ses vacances.

– Et *mes* vacances à moi ?

– Tu ne comptes pas. »

C'était la première fois que je lui assénais quelque chose d'aussi abrupt, mais nous n'avions pas beaucoup de temps.

« Jenny s'amuse. Pour elle, c'est une grande aventure. Que *nous* y prenions du plaisir ou non n'est pas important. Pour ma part, ce qui *me* fait plaisir, c'est voir ma fille heureuse.

– Tu es mou. Tu ne vois pas que…

– Non, je ne suis pas mou. »

Je parlais doucement, mais elle sentit que je pesais chacun de mes mots.

« Je t'aurai prévenue, ma chère. Si tu n'es pas prête à supporter un léger manque de confort – si tu continues à geindre et à te plaindre –, tu seras débarquée à la prochaine auberge et tu rentreras à la maison par tes propres moyens.

– Tu n'oserais pas.

– Je te l'assure le plus solennellement du monde, l'avertis-je.

– Et la réaction de Jenny ? Qu'est-ce qu'elle dirait ?

– Je lui raconterai que tu t'es soudain rappelé que tu avais un rendez-vous. Avec l'une de tes associations, l'Institut ou le Cercle. Quelque chose d'urgent auquel tu devais impérativement assister. »

Cela aurait pu dégénérer en bataille rangée, voire en dispute explosive, mais nous n'allions *jamais* jusque-là, notre règle d'or étant de ne *pas* nous quereller en présence de notre enfant.

Le reste des vacances se passa bien et Jenny s'amusa beaucoup, ce qui était le principal.

***

C'est après avoir pris la décision de l'empoisonner que je me suis rendu compte à quel point j'avais de la chance. De la chance d'être pharmacien. Mon grand-père s'était lancé dans la profession. Mon père avait ensuite repris l'officine et je l'avais secondé jusqu'à sa mort. Après quoi, et bien que ce soit parfois une corvée, j'ai été capable de mener l'affaire sans employer plus d'une personne à temps plein et une autre à temps partiel pour assurer les ventes au comptoir.

Au fil des ans et de nos efforts, l'établissement a atteint un niveau bien supérieur à ce qu'offrent les grandes surfaces pharmaceutiques. Aux alentours de Rogate-on-Sands, mais toujours dans le district de Prem Valley, il y a assez de grandes fermes et d'éleveurs de bétail pour tenir occupés deux vétérinaires durant toute l'année. Ajoutez à cela les remèdes « secrets » prisés des fermiers eux-mêmes et les potions confinant à la sorcellerie colportées par certains anciens qui prétendent connaître les mystères des maladies animales, et vous comprendrez que *mon* armoire aux poisons ne se limitait pas aux préparations répertoriées dans les pages de l'Index mensuel des spécialités médicales.

Les produits vétérinaires, par exemple, sont dangereux. Il y en a qui peuvent guérir un cheval mais aussi tuer un être humain en quelques heures. Certains composants des produits contre les rats doivent être maniés avec précaution, en utilisant des gants de protection. Je connais au moins deux fermiers qui ont correctement diagnostiqué une maladie des pattes et de la bouche dans leurs troupeaux – *et l'ont guérie* – sans que l'autorité en la matière ne soupçonne quoi que ce soit. J'étais probablement le seul pharmacien capable de leur fournir les substances nécessaires dans un rayon de trente kilomètres.

Je n'en gère pas moins rigoureusement les produits en ma possession. Je tiens méticuleusement un registre des poisons, et aucune substance n'est délivrée sans un reçu dûment signé.

Mon père avait stocké ces produits toxiques pour les mêmes raisons. C'est lui qui avait installé l'armoire aux poisons. Peu profonde mais avec une assez grande capacité pour une taille modeste, elle est faite d'un bon acier et solidement fixée au mur de l'officine. Elle est fermée par une serrure Chubb dont j'ai seul la clé.

J'avais donc les poisons. Je n'avais plus qu'à choisir lequel utiliser.

***

Reste qu'une fois la décision prise d'empoisonner Norah, j'ai passé des heures à essayer de me convaincre que je *ne devais pas* le faire !

C'était comme avoir mal aux dents et aller chez le dentiste. La douleur part. Du moins, elle paraît calmée. La logique soutient qu'elle n'est *pas* partie et que sans un plombage ou une extraction elle persistera, mais l'aveuglement se poursuit.

Je me suis rappelé le jour où Père est mort. Nous avions été proches. Plus comme des amis que comme père et fils. Peut-être que d'avoir été fils unique a joué, en tout cas nous n'avions aucun secret l'un pour l'autre.

Un soir, environ une semaine après l'annonce de nos fiançailles, il s'enquit :

« Herbert, tu es sûr que Norah sera une bonne épouse pour toi ?

– Bien sûr. C'est pour ça que nous nous sommes fiancés. »

Il était en train de préparer les quantités nécessaires à la confection d'un liniment. Il garda les yeux sur le récipient doseur mais esquissa un léger sourire triste.

« Tu as des doutes, demandai-je.

– Pas si tu n'en as pas.

– Mais tu *as* des doutes, insistai-je.

– Vous êtes vraiment *semblables* l'un et l'autre. »

Il s'arrêta de remplir et reboucha le récipient.

« C'est sûrement un avantage.

– Les semblables peuvent vivre ensemble, concéda-t-il. Mais les contraires, en supposant qu'il y ait une bonne compréhension mutuelle, ont de meilleures chances.

– Mais nous n'avons pas *besoin* de "compréhension", Père. Nous nous comprenons déjà parfaitement.

– Alors tout est pour le mieux, n'est-ce pas ? »

Il me tournait le dos au moment où il murmura cette remarque, il replaçait le récipient sur son étagère.

Plus rien ne fut dit. À la vérité, il semblait qu'il n'y eût plus rien à ajouter. De mon point de vue, il avait seulement manifesté la pointe de tristesse qu'éprouve un père affectueux dont le fils unique s'apprête à se marier.

Lors des noces, il lui fallut prononcer un petit discours, où il remerciait ceux qui étaient venus et nous adressait ses vœux de bonheur. Il le fit très bien, sans stupides boutades ou sous-entendus, n'exprimant que de la bienveillance et l'espoir que Norah et moi formerions un couple solide…

À peine deux ans plus tard et moins de deux mois avant la naissance de Jenny, il décéda.

Il aurait aimé Jenny. Il aurait vraiment beaucoup aimé Jenny. Tous deux avaient en commun une certaine *honnêteté*, une décence élémentaire qui est rare. Très rare.

***

Je l'ai retrouvé inconscient dans la réserve. C'était l'époque de l'inventaire et il m'avait laissé m'occuper de la pharmacie pendant qu'il listait ce que nous avions en stock et ce que nous devions nous procurer. Comme ça lui prenait plus longtemps que prévu, j'ai pensé qu'il avait peut-être besoin d'aide et je suis monté à la réserve. Il avait été victime d'un arrêt cardiaque et gisait sur le sol au milieu des cartons.

Il resta moins de vingt-quatre heures dans le coma, puis mourut. Il fallut régler toutes les affaires qui suivent un décès, dont une enquête, puis les funérailles.

Il était de la vieille école, sans doute un peu figé en termes d'opinions et de croyances. La crémation ne lui avait jamais paru très « chrétienne ». Lors des rares fois où nous avions abordé le sujet, il avait évoqué un « enterrement convenable » dans le cimetière de l'église.

C'est ce que j'avais en tête et c'était, j'en suis sûr, ce que Mère espérait.

Norah intervint :

« Ce n'est vraiment pas hygiénique. »

Mère murmura :

« Je pense que c'est ce qu'il aurait voulu. »

Nous nous trouvions à la maison. Mère était venue séjourner avec nous, le temps que sa douleur se dissipe un peu. Nous étions dans cette difficile période entre le décès et les funérailles, un moment où les souvenirs sont omniprésents et se mélangent à l'angoisse terrible des jours à venir.

Je concède que Norah portait Jenny depuis plus de six mois. Elle était agitée et toujours sur le point de fondre en larmes. Ou alors de chercher constamment querelle.

Elle poursuivit :

« Ça ne me regarde évidemment pas, Belle-Maman, mais moi *je me ferai incinérer*. Sinon, on n'est jamais en paix.

– Il est mort, ma chère, soupira Mère. Il est déjà en paix.

– Les églises ne durent pas éternellement. »

Je restai interdit. Sur le moment, je n'arrivai pas à la comprendre.

« Elles s'écroulent, expliqua-t-elle avec irritation. Si le conseil départemental décide d'élargir une route, il va prendre des mesures d'expropriation et les cimetières seront recouverts par la route. Si ce n'est pas ça, ils sont envahis par les mauvaises herbes. Les cimetières sont *toujours* dans un état pitoyable.

– Il n'allait pas souvent à l'église, dit doucement Mère. Mais quand c'était le cas, il s'y plaisait.

– Ce n'est pas vraiment un argument contre la crémation, Belle-Maman.

– Bon, très bien... »

J'essayai d'alléger le poids du chagrin et d'être logique.

« Admettons qu'il soit incinéré. Il sera *quand même* inhumé.

– Pas nécessairement.

– Pour l'amour de Dieu !

– Herbert, ton père aimait le Lake District. C'est là où il prévoyait de prendre sa retraite.

– Je ne vois pas ce que...

– Disperser ses cendres. Permets-lui de finir là où il le *désirait.* »

C'est ainsi qu'environ dix jours plus tard, je me trouvai à bord d'une barque sur l'Ullswater. Les cendres étaient dans un sac en plastique. Tout ce qui restait de mon père se trouvait dans un vulgaire sac en plastique et, tandis que le batelier immobilisait ses avirons, j'ai versé les cendres par-dessus bord.

C'est la dernière fois que j'ai vu mon père. Pas quand on a refermé le cercueil, mais quand une fine pellicule de poussière a recouvert l'eau avant de disparaître. C'est à ce moment-*là* que je lui ai dit au revoir.

Il n'y avait que moi et un batelier inconnu. Je pense que Mère serait venue si je le lui avais demandé. Mais je ne l'ai pas fait. En fait, j'ai même insisté pour qu'elle *s'abstienne.* C'eût été un trop lourd fardeau.

Norah n'aurait pas pu venir, bien sûr, même si elle l'avait souhaité. Elle était alors enceinte jusqu'aux yeux et de plus en plus pénible chaque jour.

Je regardais les dernières cendres se dissoudre dans l'eau sombre quand soudain je compris ce que cela signifiait. À sa façon, ce père avait été un grand homme. Et l'un de mes rares amis. De cela il ne restait désormais plus rien, pas même une pierre tombale. Aucun repère. Nulle part où aller pour se souvenir.

Rien !

***

Mère est restée avec nous jusqu'à la naissance de Jenny. Rien de planifié, c'est arrivé comme ça. Et les ultimes semaines précédant l'événement ont vu éclore quantité d'inutiles psychodrames.

Si tout se déroule normalement, la naissance d'un enfant n'est pas une maladie. Ce n'est ni un « malaise » ni une « lésion ». Du peu que j'ai lu ou entendu sur le sujet, les femmes sont supposées en tirer un sentiment de plénitude. Tous les manuels parlent d'ailleurs d'« épanouissement »... quoi que cela puisse bien signifier.

Je m'oppose fermement aux dires de ces manuels.

Peut-être l'accouchement a-t-il été difficile. Il a indéniablement été très « difficile » pour moi. Mère, en revanche, a trouvé un soutien dans ce qui aurait pu être une période très éprouvante de sa vie. Elle n'avait pas le *temps* d'être malheureuse. Elle était au four et au moulin, lavait et récurait, toute la journée. Mais cela ne semblait pas la déranger.

Un soir, alors que Norah avait décidé d'aller se coucher plus tôt que d'ordinaire, j'ai présenté mes excuses.

« Je suis désolé, Mère, ai-je marmonné.

– Désolé de quoi ? »

Elle paraissait réellement surprise.

« Je ne veux pas que tu aies l'impression qu'on t'utilise.

– Bien sûr qu'on m'utilise, dit-elle dans un sourire. Je *veux* être utile. Ça montre qu'on a toujours besoin de moi.

– Tu sais bien ce que je veux dire, Mère.

– Herbert. »

Elle se pencha et posa sa main sur mon bras, comme pour partager un secret.

« Norah est effrayée. Moi aussi, j'étais effrayée. C'est normal. Ton père, que Dieu ait son âme, était complètement inutile. La plupart des hommes le sont. Mais elle va avoir son bébé et elle sera de nouveau heureuse. Elle le sera même plus qu'avant. Et tu seras fier. Surtout si c'est un garçon... »

II

« Vous remontez un peu trop loin dans l'histoire. »

L'inspecteur-chef craqua une allumette et s'alluma une cigarette. Il ne fit pas le moindre geste pour que l'homme se serve dans le paquet ouvert sur la table.

« Votre fille est une femme mariée. Vous remontez à l'époque où elle n'était pas encore née. Pourquoi ?

– Tout est lié, soupira l'homme.

– Lié à quoi ?

– À ce que nous avons dû traverser.

– Vous pensez être unique ? »

L'inspecteur-chef inclina la tête et souffla une bouffée de fumée vers le plafond de la salle d'interrogatoire.

« Il m'arrive parfois d'avoir envie de me débarrasser de *ma* bonne femme. Mais de là à l'empoisonner...

– Vous ne comprenez pas.

– Je ne vous crois même pas... pour le moment. »

L'homme en resta muet d'incrédulité.

« On devient tous marteaux, dit dans un sourire l'inspecteur-chef.

– Je ne suis pas fou.

– Bien sûr que non. Personne ne l'est.

– Vous pensez que je *suis* fou ?

– Vous êtes soit un fou, soit un meurtrier. Je ne sais pas lequel des deux. Je déciderai... ultérieurement.

– J'ai empoisonné mon épouse. »

Le ton de sa voix confinait au désespoir.

« J'avais mes raisons. Pas une, mais cent mille raisons. Je ne *voulais* pas l'empoisonner.

– Ah ! »

L'inspecteur-chef tira sur sa cigarette.

« Qu'est-ce que ça veut dire ?

– Que ce n'était pas délibéré. Que c'était accidentel.

– Ce n'était absolument pas accidentel.

– Mais vous ne vouliez pas l'empoisonner ?

– Je me suis mal exprimé, maugréa l'homme.

– J'ai compris l'essentiel.

– J'ai empoisonné mon épouse. Croyez-moi, *j'ai empoisonné mon épouse.*

– Parce qu'elle vous a amené à devoir incinérer votre père ?

– Ce n'est qu'une chose. Parmi bien d'autres.

– Ce ne serait pas un peu léger comme mobile de meurtre ?

– C'est ce que je vous dis. Ce que j'essaye de vous faire comprendre. Il n'y avait pas un seul "mobile", comme vous dites. Pas une seule raison bien définie.

– Je vais être clair, l'ami. »

L'inspecteur se pencha légèrement en avant. Il s'accouda à la table d'interrogatoire, calme et sérieux, et parla posément.

« Nous n'avons pas *besoin* d'un mobile. Les moyens et l'occasion d'agir… c'est tout. Le reste est accessoire. *Res gestae.* C'est comme ça qu'on dit. Les avocats disent ça. Bien, donc, vous aviez les moyens. Et quantité d'occasions. C'est indéniable. Vous saisissez ? Le "pourquoi" ne m'intéresse pas trop. En revanche, le "si" m'intéresse beaucoup. »

S'il y avait eu un autre moyen, je ne l'aurais pas empoisonnée. N'importe quel autre moyen.

Le divorce était exclu. J'étais décidé à lui offrir autant de dignité que possible. Je ne pouvais pas simplement disparaître de sa vie. D'abord, il y avait la pharmacie et surtout, si j'agissais de la sorte, je risquais de ne plus jamais revoir Jenny.

Vu de l'extérieur, je suppose que nous donnions l'impression d'être heureux en ménage, un couple peut-être un tantinet sédentaire, mais avançant gentiment vers l'âge mur. Nous ne nous disputions pas en public. En fait, nous ne nous disputions quasiment jamais. À y repenser, nous n'étions pas assez émotionnellement impliqués l'un envers l'autre pour nous disputer. L'indifférence mutuelle était le fondement même de notre mode de vie. L'indifférence maquillée d'un vernis de respectabilité. Nous avions quelques relations, mais pas d'amis véritables. Une invitation ponctuelle à dîner suivie d'une soirée à converser, telle était la limite de notre vie sociale commune, et c'était rarement une réussite. Les discussions étaient inexistantes, car discuter suppose un échange d'arguments et aucun d'entre nous n'aimait argumenter.

Selon moi, la perspective immuable de cette atroce médiocrité constitue au moins une raison pour laquelle j'ai dû me débarrasser de Norah. Je n'étais certainement pas en quête d'excitation. Je voulais seulement un peu de *changement*. Ne plus savoir avec certitude ce que j'allais faire à telle heure la semaine suivante ou le mois suivant… ou même l'année d'après !

Pareille situation s'apparentait à celle d'un prisonnier à l'isolement. Je m'en rendis compte et commençai à me poser des questions.

Combien y en avait-t-il d'autres ? De ces couples derrière des rideaux de chintz et des pelouses impeccablement tenues ? Combien d'individus mariés piégés par les diktats de la « respectabilité » ? Combien vivant dans le mensonge permanent ?

Pendant une brève période, cela devint un jeu pour moi d'observer les hommes et les femmes que je connaissais – les couples apparemment heureux en ménage – et de chercher à savoir quelle était *réellement* leur relation. Qui cherche trouve. Ainsi cet homme si courtois avec les inconnus, qui dit merci et s'il vous plaît ou s'écarte pour laisser passer une dame, mais n'agit pas de même avec son épouse. Cette femme qui, lorsqu'elle parle avec un homme qu'elle ne connaît pas, le fait avec le sourire et sur un ton différent de celui qu'elle utilise avec son mari. Ce n'est pas pour séduire. Ni même pour faire bonne impression. C'est simplement qu'eux aussi sont piégés comme des hamsters dans leur roue et ne trouvent, comme moi, aucun moyen convenable de s'échapper.

Oh oui, je les ai vus. À la pharmacie. Au déjeuner, dans un pub ou un café. Quand ils posent une question ou donnent une réponse. Quand ils parlent au téléphone.

Je me suis demandé combien avaient envisagé le meurtre.

J'ai sans nul doute détecté ces manières chez Norah et l'idée m'est venue qu'elle pourrait même avoir envisagé de *me* tuer.

***

J'ai passé en revue différents poisons. Ma décision était prise et, en dépit de quelques petits doutes persistants, j'avais compris qu'à un moment donné, il faudrait trancher dans le vif et franchir l'étape ultime. Par conséquent je me suis mis à considérer les avantages et les inconvénients de ce que j'avais à ma disposition.

La strychnine était de loin le poison le plus rapide, bien que moins immédiat qu'on le croit généralement. C'est une question de minutes, pas de secondes et, si le dosage a été mal effectué, ça peut même prendre une heure. Je n'avais aucun désir de faire durer la souffrance d'autrui, c'était même une de mes principales préoccupations. Vaquier a utilisé la strychnine au milieu des années 1920, tout comme le Dr Palmer, qui l'a administrée avec du brandy. Mais ces hommes étaient cruels et dépourvus de sensibilité. Pas moi. Je voulais certes me débarrasser de Norah. Pour autant, je ne lui voulais aucun *mal.*

Il y avait aussi le problème de l'examen *post mortem* qui révélerait sans aucun doute des traces de strychnine.

Je ne voulais pas être associé à des criminels tels que Palmer, Seddon, Maybrick ou Crippen. Je n'étais pas un criminel. Je n'étais pas motivé par le gain. Mon intention n'était pas d'éliminer Norah au profit d'une autre femme. Je n'avais aucune « sale » raison de me débarrasser d'elle. Aucun mobile inavouable.

D'un autre côté, bien sûr – et je serais idiot de le nier –, je n'avais aucune envie de finir en prison. J'avais un commerce assez prospère et, hormis ma situation maritale, j'étais un homme plutôt satisfait.

Si elle avait pu être un peu plus compréhensive, si elle avait fait ne serait-ce que la moitié du chemin…

***

Nous avons eu une grosse dispute peu après la naissance de Jenny. C'était, je crois, notre première véritable dispute. La première fois que nous nous affrontions aussi directement.

Les parents de Norah s'étaient manifestés, sans se montrer d'une grande utilité. À la différence de ma mère, ils n'émettaient que des platitudes et ont fait beaucoup pour conforter Norah dans son idée que donner la vie à un enfant était une sorte de maladie quasi fatale.

Mère avait apporté une aide cruciale pendant que Norah était à la maternité puis lors des premières semaines après sa sortie. Même Norah l'a admis.

« Je ne sais pas comment nous nous en serions sortis sans vous, Belle-Maman.

– Ce n'est rien, ma chère. Ça m'a aidée moi aussi à surmonter un passage difficile.

– Je ne sais pas comment j'aurais pu m'occuper à la fois du bébé *et* de la maison *et* des repas d'Herbert. »

J'ai assisté à cet échange. J'aurais évidemment pu rappeler à Norah que je déjeunais toujours à l'extérieur, que je me préparais seul mon petit déjeuner et que mon repas du soir, au retour de la pharmacie, équivalait à un en-cas, pas davantage. Mais je savais déjà que les femmes comme Norah ne croient que ce qu'elles ont envie de croire. Pour elle, la maternité était un fardeau, quelque chose que l'on devait « endurer ». Aussi gardai-je mon calme.

Le jour arriva où Mère évoqua son retour chez elle.

« Tu vas te sentir seule, dis-je doucement.

– Ça passera, mon chéri. Le pire est derrière moi, maintenant. Grâce à toi et à Norah.

– Et à Jenny, bien sûr.

– Bien sûr, dit-elle en souriant, à Jenny aussi. »

Notre échange s'arrêta là, mais quelques jours plus tard, j'abordai un soir le sujet avec Norah.

Mère était partie se coucher. Du moins avait-elle rejoint sa chambre. Pendant toute la durée de son séjour, elle s'était comportée de manière irréprochable. Elle avait compris notre besoin d'intimité à certains moments de la journée et avait donc pris l'habitude de se retirer au milieu de la soirée. Se couchait-elle ou lisait-elle un peu avant d'aller au lit, je l'ignore. Quoi qu'il en soit, elle nous quittait vers environ vingt heures. Jenny étant elle-même tranquille jusqu'à l'aube, Norah et moi avions l'occasion de discuter.

« Je m'inquiète pour Mère.

– Pourquoi ? »

Norah semblait vraiment ne pas comprendre le sens de ma remarque.

Je précisai :

« Quand elle va partir d'ici.

– Elle a un endroit où aller.

– Elle y sera bien seule, sans Père.

– Oh, je suis sûre qu'elle a surmonté tout ça. »

Elle s'empara d'un de ses magazines féminins et en tourna les pages, vraisemblablement à la recherche d'un article qui pourrait l'intéresser.

J'insistai :

« Norah, j'aimerais en parler.

– De quoi ?

– De Mère.

– Et à propos de quoi ? »

Elle avait son magazine sur les genoux et semblait légèrement agacée d'être interrompue dans sa recherche d'article.

« Je pensais... »

Après une pause, je repris :

« Verrais-tu une objection à ce que je lui suggère de rester vivre avec nous ?

– Absolument, j'y verrais une objection. »

Elle referma son magazine.

Je transigeai :

« Même temporairement ?

– Herbert, je ne veux pas d'une autre femme dans ma maison. »

Je protestai :

« Ce n'est pas une "autre femme". C'est ma mère et elle vient de perdre son mari.

– Herbert, cesse de dramatiser. »

J'en restai interdit.

Puis elle lança d'un ton sec :

« Même de *ta* part, c'est impossible d'être *aussi* aveugle. Ça ne lui a pas véritablement brisé le cœur.

– C'est horrible de dire ça.

– *Je* n'ai pas vu le début d'une larme.

– Elle n'affiche pas ses sentiments, répliquai-je en m'efforçant au calme. Elle n'oblige pas le reste du monde à partager sa douleur. C'est *son* caractère. Contrairement à toi, elle ne réclame pas une attention permanente. »

Elle jeta froidement :

« Elle n'habitera pas ici, inutile d'insister.

– Et *je* n'ai pas mon mot à dire sur le sujet ?

– Non, tu ne l'as pas. Tu es dans ta stupide pharmacie toute la journée. Ce n'est pas *toi* qui l'aurais dans les pattes.

– Je ne t'ai pas entendue ces dernières semaines te plaindre qu'elle était "dans tes pattes", relevai-je d'un ton sarcastique.

– Elle s'est rendue utile.

– Utile !

– Elle nous a permis d'économiser. Si elle n'avait pas été là, nous aurions dû employer soit une nounou, soit quelqu'un pour tenir la maison.

– Pour l'amour de Dieu, Norah ! »

C'était à mon tour de m'emporter.

« Tu as accouché d'un seul enfant. Un seul. Ce n'étaient pas des triplés, ni des quadruplés. Un seul enfant. Des femmes donnent naissance à des familles entières sans en faire un tel plat.

– Une certaine *catégorie* de femmes.

– Qu'est-ce que ça peut bien vouloir dire ?

– Herbert, que les choses soient claires. Je n'ai pas l'intention d'être une machine à porter des enfants. Que ce soit bien entendu entre nous. Je t'ai donné un enfant. Mais je n'ai pas l'intention de démarrer une dynastie. Ce n'était pas une naissance facile, mais c'est là. »

Elle pointa son magazine :

« Les gens qui écrivent là-dedans parlent d'"instinct maternel". C'est quelque chose que je n'ai pas. Quelque chose que je ne comprends pas. Je trouve ça dégoûtant de changer les couches de ce...

– "*Ce*" ! »

J'explosai littéralement.

« Depuis quand notre enfant n'est-il qu'une chose ? C'est un être humain. Elle a un prénom.

– Tu me fatigues, Herbert. »

Elle avait pris le ton accablé de qui porte tout le fardeau du monde sur ses épaules.

« Je veux bien m'accommoder de ton enfant sans me plaindre. Et je ferai de mon mieux pour être une bonne mère. Mais il est *hors de question* que je subisse ta mère par-dessus le marché. Elle a sa propre maison. Elle peut nous rendre visite... évidemment. Mais elle ne peut pas *vivre* ici. D'ailleurs, la connaissant, je doute qu'elle en ait envie.

– *Te* connaissant, je doute qu'elle en ait envie. »

***

C'était notre premier véritable affrontement violent. Il fallut plus d'une semaine avant de revenir à la normale – plus ou moins. Et j'appris également une chose : dans un face-à-face avec ma femme, je n'étais pas capable de rivaliser. Sous son apparente bonne éducation se trouvait un acier que *je* ne pourrais jamais percer. Ce que j'avais par erreur pris pour de la timidité était en fait de l'égoïsme avéré. Du pur égocentrisme. Jusqu'à ce que notre relation évolue, elle s'était montrée réservée parce qu'elle éprouvait un mépris inné pour autrui.

Voilà l'enseignement que j'ai tiré de notre première confrontation, et je n'ai que très rarement oublié cette leçon.

Quant à Mère, elle quitta la maison dans la semaine pour rentrer chez elle. Je ne crois pas que Norah ait dit ou fait quoi que ce soit pour hâter son départ, mais la froideur qui s'était installée entre nous l'aura bouleversée. Elle n'était pas stupide. Elle savait ce qui se passait.

Je lui rendais visite au moins deux fois par semaine, généralement sur le chemin du retour. Je vérifiais que tout se passait bien. De son côté, elle passait nous voir tous les quinze jours.

C'était généralement pour un repas dominical. Elle regardait Jenny grandir et devenir une enfant. Un lien s'était créé entre elles. Jenny adorait sa grand-mère et Mère gâtait sa petite-fille.

Mère décéda environ cinq ans après la naissance de Jenny.

***

Bien des fois j'ai essayé d'analyser cette première dispute avec Norah. Cette première *vraie* dispute, et tout ce que ma femme a dit de blessant. Je ne suis pas complètement stupide. Je sais, et je comprends parfaitement, que le premier conflit survenant après le mariage peut être – *doit* être – un événement traumatique. Le décorum a disparu et ce qui demeure s'avère soit douteux, soit durable. Selon moi c'est *ça*, et non pas la cérémonie, qui fait que le lien est consacré ou brisé.

Je cherchais des prétextes. Je voulais vraiment que mon mariage soit une réussite. Que *notre* mariage le soit. J'avais assez de notions en médecine pour savoir ce qu'est la prétendue « période de lactation ». Même la loi la reconnaît. Ce sont ces premières semaines où certaines femmes n'arrivent plus à contrôler leurs émotions.

Au début, je m'en suis servi comme excuse. Pour disculper Norah. Mais c'était une fausse excuse et au fond de moi, je le savais pertinemment.

Quand j'y repense, ma stupidité est la cause de tout. Mon inexpérience avec les femmes. Ou avec les filles, quand j'étais adolescent. Je m'étais complètement mépris sur celle que j'avais demandée en mariage. N'en ayant jamais connu d'autres, je n'avais aucun point de comparaison. Sinon, j'aurais pu déceler les signes : les lapins qu'elle m'avait posés, sans même un début d'excuses. Son égocentrisme, qui faisait qu'on allait où *elle* voulait aller, qu'on voyait les films qu'*elle* avait envie de voir. Les très pratiques « maux de tête » invoqués pour expliquer des accès d'irascibilité injustifiés.

Cette première dispute a été comme un lever de rideau révélant une scène illuminée dans une salle jusque-là plongée dans le noir.

***

Jenny allait à l'école et commençait à aimer ça. Elle savait lire, elle apprenait à compter et c'était à l'évidence une enfant très intelligente.

Puis Mère décéda. La mamie adorée de Jenny.

Un voisin venu la voir la trouva dans un état alarmant, appela une ambulance puis me téléphona. Je me précipitai à l'hôpital et, environ deux heures plus tard, j'étais à ses côtés quand elle mourut. D'une mort paisible. Le genre de mort qu'elle méritait. Mais cela n'a pas pour autant rendu les choses faciles.

Ce soir-là, une magnifique soirée d'été, Jenny voulait rendre visite à sa mamie.

« Tu ne peux pas, mon chou, lui dis-je très doucement. Elle est malade.

– Elle est morte », compléta Norah d'un ton impersonnel. Peut-être sans arrière-pensées ou sans vouloir blesser.

« C'est quoi, "morte" ? »

Jenny regarda d'abord sa mère, puis moi. L'expression de son visage attestait sa totale incompréhension. Elle demanda :

« Quand est-ce que je pourrai la revoir ?

– Tu ne pourras pas, ma chérie. »

Mon cœur se brisait, mais je tendis les bras et Jenny vint s'y blottir pour être réconfortée et pour qu'on lui explique. Je choisis mes mots avec un soin infini :

« Les gens tombent malades, Jenny. Quand ce sont des dames âgées, comme Mamie, il arrive qu'elles meurent. Ça veut dire qu'elles ne vont pas mieux et qu'elles s'endorment pour toujours. C'est ça, être "morte", mon chou. S'endormir et ne pas se réveiller.

– Même si je la secoue ?

– Non, mon chou, dis-je d'une voix étranglée. Même si tu la secoues. »

L'enfant ne comprenait pas. Quel enfant de cet âge *pourrait* comprendre ? Un peu plus tard, Jenny alla se coucher. Après l'avoir embrassée sur le front, la joue, et avoir vérifié qu'elle était bien endormie, j'admonestai gentiment Norah.

« Tu as été un peu cruelle, ai-je murmuré. Un peu brutale.

– Cette enfant doit savoir ce genre de choses.

– Et l'innocence, alors ? »

Je crois que j'ai souri, et si tel était le cas, d'un sourire attristé.

« Et les contes de fées, les étoiles ?

– Je déteste les semi-vérités.

– Même si ce sont de pieux mensonges, destinés à apaiser ?

– Herbert, ta mère, la grand-mère de Jenny, est *morte*. Je ne m'en réjouis pas… ne va pas t'imaginer ça. Mais je ne suis pas non plus hypocrite. Elle n'est pas "malade", elle est *morte*. Cette enfant doit apprendre les choses de la vie.

– Comme la mort… sans doute ?

– Comme la mort, oui.

– Elle ne finira pas en cendres dans l'Ullswater. Pas là-bas. Pas cette fois.

– Cette décision t'appartient. »

Elle semblait n'en avoir vraiment rien à faire. De la mort de Mère, de moi, de tout. Après un moment de silence, elle se leva en disant :

« Je crois que je vais prendre un bain. Après ce qui s'est passé aujourd'hui, j'ai envie de me coucher tôt. »

***

Il y eut des funérailles et, cette fois-ci, une inhumation dans le cimetière attenant à l'église. J'étais le seul membre de la famille présent. Norah avait prétexté n'importe quoi et j'avais fait mine de la croire. Jenny était trop jeune et n'aurait pas compris. Il y avait le personnel des services funéraires, un religieux qui semblait s'ennuyer, deux voisins de Mère et moi.

C'était la fin misérable d'une belle, bonne et sereine existence et, tandis que l'on descendait le cercueil, la douleur et la culpabilité faillirent m'étouffer. Sa tombe était vouée à demeurer particulièrement solitaire. Elle ne pouvait même pas reposer aux côtés de l'homme qu'elle aimait.

***

Cette nuit-là, je m'installai dans la chambre d'amis.

Pourquoi cette nuit-là ?

Le moment semblait approprié. Nous dormions dans des lits séparés depuis la naissance de Jenny. Ça ne changeait pas grand-chose de faire chambre à part.

Norah émit une vague protestation pour la forme.

« Nous n'aurons plus de chambre d'appoint.

– J'équiperai le bureau avec un canapé-lit. Je vais réarranger tout ça dans les semaines qui viennent.

– C'est ta décision. Que *ça* soit bien clair.

– Je sais, dis-je en souriant. Même moi, il *m*'arrive de prendre des décisions.

– Et si des amis viennent et qu'ils veulent passer la nuit ici ?

– Quels amis ? Nous n'avons *pas* d'amis. Les gens susceptibles de nous rendre visite ne restent pas la nuit. »

C'était une rébellion dérisoire, et un bien maigre triomphe. Cela ne changea rien – mais alors *vraiment* rien – au mépris mutuel qui dominait chaque jour davantage nos vies…

III

« Du cyanure, murmura l'inspecteur-chef.

– Je vous demande pardon ?

– Du cyanure. »

L'inspecteur-chef écrasa ce qui restait de sa cigarette dans un cendrier publicitaire de la marque Players Navy Cut.

« Le genre qui plaisait aux nazis. C'est rapide. *Très* rapide.

– De l'acide cyanhydrique, dit l'homme sur un ton vaguement agacé. C'est certes rapide, mais c'est aussi très douloureux. Bon Dieu, nous parlons d'*acide prussique.*

– Vous avez déjà évoqué la strychnine.

– Et je l'ai écartée, parce qu'elle entraîne de longues souffrances.

– Et aussi parce qu'on en retrouve facilement la trace, n'est-ce pas ? sourit l'inspecteur-chef.

– C'est pareil pour le cyanure. Vous n'avez même pas à ouvrir le corps. L'odeur d'amande amère subsiste...

– C'est donc *ça* la raison ? lança l'inspecteur-chef.

– Quoi ?

– La douleur n'intervient pas là-dedans. C'est si le fichu produit peut être décelé ou non. Voilà votre principale préoccupation.

– Vous êtes un imbécile, rétorqua l'homme.

– L'un de nous l'est assurément.

– Vous ne pouvez, ou ne *voulez pas*, comprendre le problème auquel j'ai dû faire face. Je devais me débarrasser d'elle, mais je ne suis pas inhumain. Je ne voulais pas la faire souffrir.

– C'est fort louable », ironisa l'inspecteur-chef.

L'homme était réellement indigné lorsqu'il demanda :

« Que croyez-vous que je sois ?

– Si vous dites la vérité...

– Évidemment que je dis la vérité...

– ... Vous êtes un cadeau de choix pour un psy. Il vous garderait des heures sur son divan. »

L'homme prit une longue et profonde inspiration avant de murmurer :

« Je ne suis pas fou, inspecteur-chef.

– Ah bon ? railla l'officier en haussant le sourcil.

– Je suis venu ici. On n'est pas allé me chercher. Je suis *venu*.

– Tout à fait.

– Je n'ai pas été arrêté. Je suis venu au poste de police dans l'intention de me confesser.

– Ceci est une salle d'interrogatoire, pas un confessionnal. Si vous cherchez une sorte d'absolution...

– Absolument pas !

– Mon brave. »

Le ton de l'inspecteur-chef se fit progressivement plus cordial, tandis qu'un sourire s'esquissait aux coins de ses lèvres.

« Entre autres choses, beaucoup d'autres choses, je suis payé pour écouter. *Vous* me payez. En tant que contribuable, vous faites partie de ceux qui payent mon salaire. Et pas l'inverse. C'est pour ça que j'écoute. C'est pour ça que je suis assis là à me demander comment démêler cette fichue histoire.

« Une femme plutôt dominatrice ? Bien sûr, c'est *votre* version. Un papa gâteau ? Eh bien, tous les pères ont tendance à gâter un peu leurs filles. Ça ne vous rend pas spécial. Ça ne me surprend même pas. Un mari aux ordres et pleurnichard ? Ça, c'est l'évidence même.

« Mais un empoisonneur ? Un assassin ? »

L'inspecteur-chef s'accorda une pause pour s'étirer jusqu'à ce que le silence devienne assourdissant. Il afficha alors un franc sourire en poursuivant :

« L'homme que vous me décrivez, cet homme que vous dépeignez, n'a pas le cran nécessaire pour tuer. Même s'il le voulait, même poussé à bout, il renoncerait au dernier moment. C'est un masochiste... qui s'ignore. Un chien battu, bavant aux pieds de sa maîtresse en attendant le prochain coup de fouet.

« Il faut du courage pour commettre un meurtre, cher ami. Il faut également un courage particulier pour le faire de sang-froid. Et de toutes les manières de tuer, l'empoisonnement est celle qui requiert le plus de sang-froid. Beaucoup de temps s'écoule entre l'idée et sa réalisation, ce qui laisse amplement l'occasion de changer d'avis. Prenez le Dr Crippen, un empoisonneur. Il vous ressemblait beaucoup : un minable pathétique et risible. Très semblable à l'homme que vous décrivez – et donc à *vous* si vous êtes crédible –, mais une femme se tenait derrière lui : Ethel Le Neve. Le moteur, c'était *elle*... pas Crippen. »

L'inspecteur-chef s'interrompit, puis sur un ton presque dégagé :

« Avez-vous une Ethel Le Neve planquée quelque part ? »

Contrairement à une opinion répandue, le célibat n'est pas difficile à vivre. Au début, quelques besoins élémentaires compliquent certes l'affaire, mais ils s'estompent assez rapidement et bientôt, ce que Sigmund Freud portait tant aux nues est ramené à ses justes proportions : la masturbation peut être écartée sans trop d'efforts.

J'ai réorganisé mon bureau. En fait, j'ai fait bien plus. Vendre la maison de Mère et trier ses affaires a pris presque un an. J'ai laissé Norah récupérer ce qu'elle voulait parmi la literie, les draps et les couvertures, les rideaux, la vaisselle et les couverts. Pour ma part, je me suis attribué quelques pièces de mobilier. Guidé par les souvenirs et la sentimentalité plus que par la nécessité, mon choix s'est notamment porté sur le lit dans lequel je dormais avant mon mariage. C'était un lit d'une place et demie très confortable.

Je l'ai mis de côté avec quelques autres pièces et j'ai fait appel à un architecte du coin.

Ensemble nous avons dressé des plans et doublé les proportions du bureau. Nous avons installé des cloisons de séparation, permettant la création d'une petite salle de bains équipée d'une douche et de toilettes, et d'une autre chambre à coucher. *Ma* chambre à coucher, où j'ai installé mon lit.

J'ai fixé des étagères aux murs et j'ai acheté un radio-tourne-disque. Ni stéréo, ni hi-fi. Je ne m'intéressais pas assez à l'aspect technique du son pour comprendre ce qui était alors à la pointe du progrès. Tout ce dont j'avais besoin, c'étaient des livres, de la musique, et l'intimité nécessaire pour en profiter.

Norah était, je pense, plus agacée que scandalisée.

« Tu te mets en frais.

– Je ne me couvre pas de dettes.

– Je ne vois pas l'intérêt de tout ça.

– Nous avons décidé de vivre chacun notre vie.

– C'est *toi* qui l'as décidé.

– Tu as une objection à faire ? »

Je souriais en répondant comme elle du tac au tac.

« C'est ton argent.

– C'est *notre* maison. Elle est à nos deux noms. Au moins ça ajoutera de la valeur à la propriété. Comment appelle-t-on ça, déjà ? Des "logements indépendants", c'est bien ça ? Si jamais nous décidons de vendre, ce pourrait être l'intitulé.

– J'espère que tu es heureux dans ton "logement indépendant", ricana-t-elle.

Je me fichais pas mal de son mépris. Je savais que je *serais* heureux et... je le fus.

***

Vu de l'extérieur – au-delà des murs de la maison –, nous restions les mêmes. Apparemment heureux en ménage. Tout ce qu'il y a de plus normaux. Nous avons maintenu le peu de vie sociale que nous avions. Elle se résumait à une soirée de temps à autre avec des connaissances, jamais plus d'une fois par mois. Et comme nous n'invitions presque jamais en retour, même ces soirées se sont raréfiées. Nous assistions à des concerts et à des représentations de théâtre amateur. Il nous arrivait aussi d'aller tous les deux au cinéma, exactement comme avant. Personne ne semblait remarquer la moindre différence.

J'ai compris quelque chose d'essentiel. Il est possible pour un homme et une femme de vivre ensemble, de sourire et de bavarder avec autrui tout en s'ignorant mutuellement, et même en oubliant littéralement la présence de l'autre. Les hommes parlent avec les hommes et les femmes avec les femmes. Il est considéré comme allant de soi – de manière erronée, nous concernant – qu'un couple marié est en bons termes.

À la maison, nous observions ce que j'appellerais une « neutralité armée ». Une certaine stratégie était à l'œuvre. En dehors de mon espace, Norah s'occupait de la maison qui demeurait aussi immaculée et bien tenue qu'à l'accoutumée. Mon repas du soir m'attendait toujours, même si je le mangeais seul dans la cuisine. Les lessives étaient faites, mes vêtements prêts quand j'en avais besoin et, grâce à un accord tacite, Jenny ne put jamais prendre conscience des relations glaciales qu'entretenaient ses parents.

J'aurais pu reprendre l'ascendant sur Norah durant les premières années qui ont suivi le décès de Mère. Prétendre que j'aurais pu la « dompter » serait exagéré, mais reconstruire notre mariage selon mes critères était à ma portée.

J'avais découvert que, contrairement à moi, elle supportait mal de rester seule longtemps. Pour ma part, dès le milieu de la soirée, j'étais confortablement installé dans mon bureau à lire, à écouter la radio ou un de mes disques. Et hormis les fois où je faisais un tour à la cuisine pour grignoter quelque chose avant d'aller dormir, je ne bougeais pas de la nuit. Le matin, j'étais debout très tôt et déjà parti pour l'officine avant qu'elle ou Jenny ne sortent de leurs chambres. J'étais content de cette vie quasiment exempte de problèmes.

Mais un soir Norah a frappé à la porte. Elle est entrée sur mon invitation et, pendant un moment, s'est tenue là sans rien dire.

« Oui ? ai-je demandé.

– Il y a une émission à la télévision, a-t-elle dit. J'ai pensé que tu aimerais bien la regarder.

– Je n'aime pas la télévision.

– C'est un concert symphonique. Le *Prague* de Mozart.

– Je l'ai en disque.

– Oui, je sais, c'est pour ça…

– Je n'ai pas besoin d'une espèce de producteur qui va braquer ses caméras pour mettre l'accent sur les violons, ou les instruments à vent, quand ils reprennent le thème principal. Ça me distrait. Je préfère *écouter*.

– Je, euh… »

J'ai senti que les mots avaient du mal à lui sortir de la bouche.

« J'ai pensé que tu aimerais venir t'asseoir avec moi. »

J'ai soulevé le livre que j'avais baissé et dit :

« Je suis en train de relire *Les Forestiers* de Thomas Hardy. J'en suis presque à la fin. J'aimerais le finir avant d'aller me coucher. »

Je suppose que c'était une perche tendue. Je pense que telle était l'intention. Je n'ai eu aucun scrupule à la rejeter. Je m'étais déjà habitué à la confortable solitude de mon bureau. Ce qui pouvait se passer dans le reste de la maison ne me concernait plus. Je voulais bien en prendre en charge les frais d'entretien, m'assurer que Norah et Jenny ne manquent ni du strict nécessaire, ni du superflu. Mais en retour, j'entendais garder mon intimité.

Un substitut d'utérus, si vous voulez, bien que je ne le dirais pas en ces termes. Pour moi, c'était un lieu de retraite civilisé me permettant d'échapper à une vie qui, ces dernières années, ne m'avait guère épargné en me causant bien des malheurs et des tourments.

Jenny venait dans mon bureau, bien sûr. Jenny avait toute liberté d'y entrer et d'en sortir à sa guise. En fait, quand elle ne voulait pas rester seule dans sa chambre, elle me rejoignait pour lire ou écouter de la musique. Je lui ai fait découvrir des livres dont je sais qu'elle les relit toujours avec plaisir. D'abord la série des *Alice* de Lewis Carroll puis, un peu plus ardu pour elle, Dickens – en commençant par *Les Temps difficiles* et en l'accompagnant d'un chapitre à l'autre –, sans oublier Jane Austen et les sœurs Brontë. Arrivée à seize ans, elle n'ignorait rien des mystères de la bonne littérature. Elle comprenait ce que l'auteur voulait « dire » derrière les mots imprimés.

Mais avant cela, Norah tenta encore par deux fois de mettre à mal mon isolement.

« Herbert, je pense que nous devrions sortir davantage. »

C'était un mois, ou peut-être un peu plus, après l'histoire de la télévision.

J'ai légèrement baissé le son de la radio et j'ai attendu.

« C'est un soir magnifique », a-t-elle lancé.

Ça l'était. La journée avait été torride et nous avions écoulé un grand nombre de crèmes solaires.

« Une balade sur le front de mer, poursuivit-elle. Pour regarder le soleil se coucher.

– Dois-je voir là un brin de nostalgie ? répondis-je en souriant.

– Pardon ? dit-elle, l'air perplexe.

– Rien d'important.

– Une balade sur la promenade, insista-t-elle.

– Ça devrait plaire à Jenny, j'en suis sûr.

– Je voulais dire tous les deux. Toi et moi.

– Où est Jenny ? ai-je demandé.

– Elle est allée rendre visite à une de ses amies.

– Elle risque de rentrer et de trouver porte close. Ce ne serait pas correct.

– Elle ne rentrera pas avant neuf heures. C'est ce qu'elle a dit.

– Rien qu'une balade sur la promenade ? »

Je n'ai pas bougé d'un pouce, ni pour éteindre la radio ni pour me lever de ma chaise. Je ne nierais pas qu'avec une certaine perversité, je jubilais.

« C'est une soirée charmante. »

J'ai décelé une pointe de désespoir dans son intonation.

« Tu t'ennuies à ce point ? l'ai-je taquinée. Ta propre compagnie t'ennuie tant que ça ?

– Herbert. »

Elle s'est raidie et son regard s'est durci. L'ancienne Norah était de retour. La Norah dont je ne voulais aucunement. Elle a presque rugi :

« Je ne vais pas supplier. Je ne vais pas ramper. Si tu ne veux pas, j'ai mieux à faire.

– Bien, ai-je dit en hochant la tête. Tu sais, ou peut-être tu *ne* sais pas, que je vois la promenade tous les jours par la porte de ma boutique. Ça ne me cause aucun plaisir. »

J'ai marqué une pause avant d'ajouter :

« Toi non plus, d'ailleurs. »

Il lui fallut beaucoup de temps pour me pardonner cette victoire, ce modeste succès dans notre échange permanent d'attaques et de contre-attaques. Elle avait un peu trop baissé la garde. Jamais plus elle ne commit *cette* erreur.

La fois suivante, ce fut sous forme d'ultimatum, deux bonnes années plus tard.

Elle arriva d'une démarche raide dans mon bureau et sans préambule me déclara :

« C'est l'anniversaire de Mère demain. Ils font une petite fête au Beaconfield. Nous y allons.

– Nous sommes invités, c'est ça ? »

Je me souviens que j'étais en train de lire *Ouragan sur le Caine* d'Herman Wouk et que l'ouvrage était particulièrement prenant. C'est sans doute pour cette raison que j'ai foncé bille en tête.

« Bien sûr que nous sommes invités. Qui donc serait invité si nous ne l'étions pas ?

– Tu m'interromps dans ma lecture.

– Va au diable avec ta lecture !

– Va au diable avec ta mère, rétorquai-je doucereusement. Je te rappelle que tu n'es pas venue aux obsèques de *ma* mère. Pourquoi assisterais-je à une fête d'anniversaire de *ta* mère ?

– Qu'est-ce que je vais donner comme excuse ? Comment vais-je pouvoir justifier que... ?

– Dis la vérité, ai-suggéré. Dis que je déteste ta mère seulement un peu moins que je déteste sa fille.

– Tu auras mis le temps pour en arriver là, s'est-elle emportée.

– Je suis un homme patient.

– Si tu ne viens pas, je ne te le pardonnerai jamais. Je ne ferai plus rien pour toi dans cette maison.

– Et comment subsisteras-tu si je te coupe les vivres ?

– Je peux toujours aller en justice.

– Ah oui... mais le *feras*-tu ? »

J'ai repris mon livre et poursuivi ma lecture. Elle est restée là à fulminer un instant, mais je n'avais rien à ajouter, aussi a-t-elle brusquement tourné les talons pour sortir de mon bureau.

Elle et Jenny sont allées à la fête d'anniversaire. Moi pas.

Norah n'a pas mis ses menaces à exécution. Il y a bien eu quelques degrés en moins dans nos relations déjà glaciales, mais je l'ai à peine senti. Pour ma part, j'ai continué comme à l'ordinaire... et Norah également, bien sûr.

Les tribunaux ne sont pas faits pour les gens respectables et c'est ce que nous étions aux yeux du monde. Sans être des piliers de la bonne société de Rogate-on-Sands, nous n'en avions pas moins des conventions à respecter. En dehors de notre vie privée, nous avions acquis une réputation discrète mais solide. Toute la clique de vieilles dames aux teintures capillaires tirant sur le violet avait adopté Norah comme l'un de leurs plus jeunes membres, et elle en était flattée.

Son mari ?

Oh, c'était un vieux barbon courtois mais effacé, bon pour y aller de sa modeste donation aux causes pour lesquelles ces dames sollicitaient des contributions.

C'était comme une toile, voyez-vous. Le genre de toile que l'on trouve dans toutes les petites villes comme Rogate-on-Sands. Mes propres parents en avaient fait partie, tout comme ceux de Norah. C'est un moyen apparemment innocent de rester entre pairs, de dresser des barricades contre les « indésirables », de faire en sorte que les visiteurs ne puissent jamais *vraiment* pénétrer les sanctuaires des résidents.

Innocent ! Ai-je dit *innocent* ?

Ce genre de toile a des fils d'acier trempé. Elles en ont toutes. Pour y être intégré, il faut se soumettre à des lois implicites. C'est ça ou se voir rejeté, et un rejet équivaut à une excommunication.

Je ne suis expert en rien si ce n'est ma profession, mais j'ai assez de jugeote pour comprendre ce genre de toile et savoir que le narcissisme de Norah la poussait à en faire partie. Ces « distinguées » institutions étaient loin d'être anodines. Elles revêtaient de l'importance. Elles signifiaient que vous *comptiez* dans la ville.

Norah n'est pas allée en justice. Norah n'a *rien* fait. Elle était désormais prise dans la toile et sa personnalité était telle qu'elle ne pouvait pas – n'osait pas ! – s'en dégager.

***

En vérité, tandis que Norah agissait de manière intuitive, tous mes actes étaient bien entendu parfaitement délibérés. Si j'avais parfois agi d'instinct au début, je m'étais vite aperçu que je ne pourrais jamais battre Norah à *ce* jeu. L'astuce, c'était d'être patient en attendant d'être prêt.

Pendant des heures, des centaines d'heures, j'ai pesé et soupesé le problème dans le silence de mon bureau. Comment apprivoiser une mégère ? Pas dans le sens shakespearien, bien sûr. Je n'étais pas ce genre d'homme. Mais il existait un autre moyen, plus subtil.

Aucune femme n'aime être ignorée.

C'est le premier truisme que j'ai découvert. À la différence des autres espèces, la *femelle* de l'homme – ou du moins la prétendue partie « civilisée » de l'espèce humaine – affiche sa parure : les vêtements et les produits de beauté, les coiffures et les sous-vêtements froufroutants. Les indétrônables pin-up nous en apportent la preuve. Elles s'exhibent afin qu'on les remarque, pour mieux dominer ensuite.

Par conséquent, refusez de les « remarquer » et elles seront automatiquement en position de faiblesse. Elles s'apparentent alors à un boxeur qui s'entraînerait en frappant dans le vide sur un trampoline. Elles sont en déséquilibre et n'atteignent aucune cible. Mais leur ego, lui, *est* bel et bien atteint !

Presque toutes les femmes ont une langue de vipère.

Il est fort rare qu'une amitié entre femmes résiste à vents et marées. La méchanceté affleure trop près de la surface. Le côté garce n'est jamais complètement sous contrôle. Elles font tout un drame là où des hommes régleraient l'affaire par un sourire, elles sont rancunières quand les hommes pardonneraient sans ciller.

Sachant cela, refusez d'*être* blessé. Pour ce faire, soyez systématiquement d'accord avec elles afin d'éliminer tout motif de discorde. Elles n'expriment jamais qu'un avis et de surcroît, *leur* avis seulement. Par-dessus tout, évitez d'argumenter. Argumenter avec une femme en colère (et les femmes n'argumentent que lorsqu'elles *sont* en colère) est aussi vain que de lancer au loin une balle attachée avec un élastique à son poignet. Elle revient, mais d'une autre direction. Le raisonnement des femmes est fondé sur l'« intuition », ce qui signifie qu'il manque de logique et qu'il est rarement près de la vérité. Quoi qu'une femme puisse avancer, les faits – les faits avérés – n'y entrent pas ou sont ignorés, dès qu'ils risquent d'affaiblir leurs arguties.

Les femmes sont aussi charnellement voraces que les hommes, peut-être même plus encore... et sans doute même jusqu'à un âge très avancé. Lisez les journaux à scandales, vous verrez que les femmes de la bonne société folâtrent avec le même enthousiasme animal que leurs alter ego masculins. Les chanteuses pop se targuent de faire dans le « cru ». Pas pour elles, la chanson engagée, ou les ballades déchirantes sur la solitude au bout de la nuit. Elles préfèrent de loin s'épancher sans retenue sur leurs prouesses physiques en tortillant des hanches, tandis que, dans le public, leurs sœurs hystériques hurlent leur assentiment.

Les femmes, même celles dites « respectables », sont toujours curieuses de la vie des péripatéticiennes. Elles se demandent « comment », « pourquoi », « combien de fois ». Fondamentalement, ce sont toutes des prostituées !

Voilà les conclusions auxquelles je suis arrivé. Ces vérités m'ont permis de refuser la domination exercée sur moi par Norah.

IV

« Bravo, lâcha l'inspecteur-chef d'un ton dégagé. Rien ne vous échappe. Je me demande pourquoi vous n'écrivez pas un livre de psychologie.

– Quoi ? »

L'homme sembla revenir dans la salle d'interrogatoire. C'était comme si son esprit s'était évadé avant d'être brutalement rattrapé par la remarque moqueuse de l'inspecteur-chef.

« Vous pourriez l'intituler "Comment s'y prendre avec les femmes".

– Pas avec *toutes* les femmes. Seulement Norah.

– On dirait pourtant des consignes d'ordre général.

– Vous ne me prenez pas au sérieux. »

La contrariété se lisait sur le visage de l'homme, et s'entendait dans sa voix.

« Vous croyez qu'il s'agit simplement de, de...

– D'attirer l'attention ? suggéra l'inspecteur-chef.

– Non. Je l'ai empoisonnée.

– Évidemment, ce serait différent si *elle* était venue ici raconter qu'elle *vous* avait empoisonné..., pensa tout haut l'inspecteur-chef.

– Vous me prenez pour un imbécile, nota tristement l'homme.

– Je vous prends pour un minable, rétorqua l'inspecteur-chef. Un petit minable imbu de lui-même et trop faible pour reconnaître qu'il y a des problèmes dans tous les mariages.

– Suffisamment fort pour l'avoir empoisonnée, insista l'homme.

– Vous pensez que ça nécessite de la force ? Déboucher une bouteille ? Verser quelque chose dans son café ou dans son thé ?

– Je parlais de force de caractère.

– D'accord, imaginons que... »

L'inspecteur-chef repoussa sa chaise en arrière et se redressa. Il enfonça les mains dans ses poches et se mit à faire les cent pas tout en parlant, sans même regarder l'homme.

« Imaginons, histoire de couper les cheveux en quatre, que tout ceci n'est pas un attrape-nigaud, que les foutaises que vous m'avez servies sont la vérité et que vous avez délibérément choisi de vivre comme un ermite. Un ermite de luxe, s'entend. Point de robe de bure du pénitent pour vous, l'ami. Vous vous êtes fabriqué un "substitut d'utérus", comme vous dites, mais très confortable. Avec le chauffage central, des fauteuils douillets, tous les livres que vous désirez, une radio, un tourne-disque et même votre propre salle de bains avec des toilettes. S'il *faut* vraiment se retirer du monde, alors autant le faire avec panache... N'est-ce pas ? Échapper à ses responsabilités tout en cultivant l'élégance.

– Je n'ai pas choisi. Je n'ai pas...

– Vous avez choisi ! »

L'inspecteur-chef cessa d'arpenter la pièce et se planta à côté de l'homme afin de faire peser sur lui tout le poids de son mépris.

« Bon Dieu, vous *avez* choisi. *Vous* avez fait construire l'extension, le "logement indépendant" comme vous dites. *Vous* vous y êtes enfermé, tout seul, à écouter votre musique et à lire vos livres. À élaborer votre vision délirante des femmes. Vous étiez nourri et blanchi. Tout ce que vous avez fait, c'est rester assis sur votre misérable postérieur à vous lamenter sur vous-même. *Voilà* ce qu'il en est et, à vous en croire, *vous* avez fait ce choix. »

La violente tirade réduisit un moment l'homme au silence, puis l'inspecteur-chef se ressaisit, retourna à sa chaise et alluma une nouvelle cigarette. Une fois encore, il ne fit pas un geste pour en proposer une à l'homme.

« Bien, dit fermement l'inspecteur-chef. Vous vous êtes donc niché dans votre petit havre de paix. En faisant comme si de rien n'était pour les voisins, sans doute ?

– Nous n'avons jamais été très grégaires.

– Même de temps à autre ?

– Il est arrivé très occasionnellement que nous sortions ensemble.

– Et tout se passait bien ?

– On sauvait les apparences.

– Non sans difficultés, vu la situation à la maison ?

– On jouait la comédie. Je l'ai déjà expliqué. La plupart des gens le font. C'est facile de faire semblant quand on y est obligé.

– Et les vacances ?

– À part ma lune de miel, j'ai rarement pris des vacances depuis la naissance de Jenny.

– Et votre femme et votre fille ?

– Elles sont parties ensemble jusqu'à ce que Jenny se marie. Au moins une fois par an.

– Et depuis ?

– Norah est allée un mois à Harrogate l'année dernière.

– Ça a dû donner un nouveau souffle à sa vie.

– Inspecteur-chef, je ne suis pas là pour...

– Je sais. »

L'inspecteur-chef leva la main en signe d'impatience.

« Vous n'êtes pas ici pour parler de futilités. Vous êtes ici pour confesser le meurtre de votre femme.

– Exact.

– Il va falloir me convaincre.

– Qu'est-ce que ça veut dire au juste ?

– Ça veut dire, répondit l'inspecteur-chef d'un air rembruni, que vous êtes soit bon pour l'asile, soit l'enfoiré le plus égoïste que j'aie jamais rencontré.

– Parce que je l'ai empoisonnée ? Parce que...

– Égoïste, arc-bouté sur ses positions, dénué d'empathie et, peut-être simultanément, lâche et faible. Je pensais avoir tout vu, l'ami, mais cette configuration est complètement nouvelle pour moi. Vous êtes dans une catégorie à part. »

Je me suis décidé pour l'aconit.

J'étais suffisamment renseigné sur cette substance pour savoir que, de tous les poisons, c'était le plus facile à obtenir pour quelqu'un dans ma position. Il fait partie des bons vieux remèdes qu'apprécient les gens de la campagne et les fermiers.

Durant mes années de formation, j'avais appris que l'aconit est obtenu à partir des racines séchées d'une plante appelée « capuchon de moine ». C'est un poison végétal qui le plus souvent provoque des arrêts cardiaques.

Pour en être vraiment sûr, j'ai consulté des traités de toxicologie, le livre d'Eaton sur les célèbres procès impliquant des poisons et *The Power of Poison* de Glaister.

Je me souviens d'un moment à l'heure du repas de midi. J'avais choisi le poison à utiliser et je venais de quitter le petit café où j'avais pris un déjeuner frugal. Comme il me restait un bon quart d'heure avant de rouvrir la pharmacie, je marchais sans me presser sur la promenade, puis je me suis assis dans un abri que je croyais tranquille sur le front de mer. J'avais l'intention de passer en revue mon plan pour me débarrasser de Norah et d'y repérer d'éventuelles failles.

L'abri comportait quatre parties et les séparations étaient faites de planches disjointes et peu épaisses. Dans la partie voisine se trouvaient trois personnes, deux femmes et un homme. À l'évidence, il s'agissait de personnes âgées en vacances. L'homme était apparemment le mari de l'une des deux et, comme cela arrive souvent en vacances, le couple avait lié conversation avec l'autre femme, qu'ils ne connaissaient pas. Je n'avais pu m'empêcher d'écouter ce qu'ils disaient, ne serait-ce que parce que l'homme était dur d'oreille.

L'une des femmes, celle qui n'était pas mariée à l'homme, a dit :

« Nous avons eu une semaine superbe.

– Quoi ? a lancé l'autre femme.

– Une semaine superbe. Il n'a plu qu'un seul après-midi. Je pense qu'on a eu la plus belle semaine de l'année.

– Nous sommes là depuis quinze jours. Nous repartons demain. »

J'essayais de faire abstraction de la conversation et de me concentrer sur le poison.

L'aconit. Parfois appelé aconitine. Tiré de la plante appelée « capuchon de moine », ou parfois « tue-loup ». La feuille ressemble au persil et la racine au raifort. Jadis appréciée des sorcières, on lui prête un effet, et parfois un contre-effet, sur les vampires et les loups-garous. C'est un poison très ancien, enraciné dans les superstitions et un mysticisme ancestral.

« Nous sommes de Leeds. »

L'homme parlait d'une voix forte et imposante. Celle d'un sourd qui pense que tout le monde l'est.

« De Headingley. Ça fait partie de Leeds. C'est là où il y a le terrain de cricket.

– Nous avons un chat, expliqua sa femme. On doit lui manquer. »

Comme un écho, l'homme ajouta de sa voix puissante : « Nous avons un fichu chat, sinon on resterait.

– Il ne l'aime pas, précisa inutilement l'épouse. Il dit qu'il sent mauvais mais ce n'est pas vrai. Et vous savez, les animaux, ils le sentent quand on ne les aime pas. »

Tout comme les Grecs, les Romains utilisaient l'aconit. On l'appelait alors le « poison des belles-mères ». On s'en servait beaucoup. On le cultivait exprès pour empoisonner. C'est arrivé à un point tel qu'il a fallu proclamer un édit pour interdire aux Romains de le faire pousser dans leurs jardins.

« Nous rentrons à la maison demain, cria presque l'homme. En train. Nous changeons à Preston.

– Blackpool, corrigea son épouse.

– Hein ? dit la seconde femme.

– C'est son problème d'audition, expliqua l'épouse d'un ton las. Je le lui répète sans arrêt, mais il ne veut pas s'en occuper. »

Un toxicologue du nom de Christison refusa de nommer à voix haute l'aconitine lors d'un témoignage au tribunal. Il écrivit le mot et le donna au juge. À cette époque, il n'y avait aucun moyen de la détecter dans le corps humain *post mortem*. De nos jours, le poison demeure encore indétectable ou presque... à moins de le chercher.

« Nous changeons à Preston, dit l'homme. C'est plein de boue, dans cette gare. On patauge tellement dans la gadoue qu'on ne sait même pas où on met les pieds.

– Blackpool, rétablit sa femme. Nous avons changé à Preston à l'aller. Au retour c'est Blackpool. »

Cet échange inepte se logea dans mes pensées. La querelle à propos de ce chat insignifiant. Cette autre au sujet de Preston et Blackpool. Des gens superficiels s'adonnant à des querelles superficielles et assez idiots pour qualifier ça de « conversations ».

Mais une affaire d'importance arriva. Une affaire *très* importante.

***

Jenny avait environ douze ans, pas plus de treize en tous cas, quand je m'aperçus que Norah avait pris l'habitude de venir dans mon bureau pendant que j'étais à la pharmacie. Vous comprenez bien que je n'avais rien à cacher, mais c'était *mon* intimité. C'était comme si *je* fouillais *son* sac à main en cachette. C'était une intrusion, et je n'ai pas manqué de protester.

Si je me souviens bien, j'ai découvert la chose en trouvant une de ses épingles à cheveux sur le tapis. Jenny n'en utilisait pas et moi encore moins.

Une fois Jenny montée dans sa chambre pour faire ses devoirs, j'ai sorti l'épingle à cheveux de la discorde et la lui ai montrée.

« C'est à toi ? ai-je demandé.

– Oui. Bien sûr. »

Elle l'a prise dans ma main et l'a posée sur la petite table à côté de son fauteuil.

« Je l'ai trouvée dans mon bureau. Sur le tapis.

– Ah !

– Pourquoi étais-tu là ? me suis-je enquis d'un ton doucereux.

– Pour vérifier que tout était propre et en ordre.

– Et ça l'était ?

– Bien sûr.

– Norah, lui ai-je rappelé, je ne t'ai jamais demandé de t'occuper de ma partie de la maison. Le reste doit déjà te prendre assez de temps. *Mes* appartements sont de *mon* ressort.

– C'est propre, concéda-t-elle.

– Évidemment. Je suis méthodique et ordonné. Ce qui suffit ; le reste ne nécessite qu'époussetage et passage d'aspirateur, ainsi qu'un peu de cire pour les meubles de temps à autre. Les femmes prouvent chaque jour davantage qu'être une ménagère n'est *plus* un emploi à plein temps. »

Ses justifications étaient vides et dénuées de sens. Elle s'était montrée curieuse, indiscrète et même inquisitrice. Elle n'acceptait pas qu'un homme puisse tenir en ordre deux ou trois pièces sans l'aide d'une femme. Ce faisant, elle me prouvait également que j'étais *capable* de l'exaspérer.

Non que j'aie eu quelque chose à cacher. Pas d'attirance dissimulée pour la pornographie, pas de journal intime. Tout ce que je voulais, c'était mon intimité. Entière, permanente et sans condition. Ce n'était vraiment pas grand-chose, mais même ça elle me l'a refusé.

J'ai eu le sentiment qu'elle continuait à fouiner pendant que j'étais au travail et j'ai fait en sorte de m'en assurer.

Un jour, j'ai positionné le sous-main de mon bureau avec une précision mathématique. J'ai mesuré à quel emplacement exact il se trouvait par rapport au coin du bureau. Puis j'ai glissé une feuille de papier dessous, en la laissant légèrement dépasser – juste assez pour qu'un esprit curieux veuille voir ce qui était « caché » là.

Le soir, j'ai repris les mesures. Le sous-main avait bougé. Elle était passée. Je n'ai rien dit, mais quelques jours plus tard, un artisan est venu à ma demande installer une serrure sur la porte. Une excellente serrure Chubb, avec seulement deux clés. Norah m'a fusillé du regard, les lèvres pincées. Elle savait que je l'avais découverte.

Plus tard, alors que nous étions tous trois attablés pour le dîner, j'ai abordé le sujet. Posément, bien sûr, étant donné la présence de Jenny.

Je me suis tamponné les lèvres de ma serviette et j'ai murmuré :

« Tu peux évidemment frapper à la porte, Norah.

– Pardon ? »

Elle faisait mine de ne pas comprendre.

« Tu peux frapper à la porte, j'ai répété. Si tu veux me voir quand je suis dans mon bureau, tu peux frapper. Je répondrai toujours. Mais quand je n'y suis pas, cette porte reste fermée. »

Il y a eu un silence. Je crois qu'elle s'efforçait de garder son calme. Je rappelle que Jenny était là.

Puis elle a fini par lâcher : « Et si tu es malade ?

– Est-ce que j'ai l'air sur le point de tomber malade ? » ai-je rétorqué en souriant.

Jenny parut s'inquiéter :

« Tu es malade, Papa ?

– Non, ma puce. Maman dramatise un peu ces temps-ci, c'est tout.

– On ne peut jamais savoir, insista Norah. Certaines maladies se déclenchent soudainement.

– J'assume le risque », ai-je déclaré sereinement.

Le visage de Jenny affichait une incompréhension totale qui me troubla. Puis elle a posé une question horrible.

« Pourquoi vous ne vous aimez pas, tous les deux ? »

Norah et moi avons échangé un regard furtif et je crois bien que, l'espace d'un instant, un éclair de compassion nous a réunis. Nous avions fait tant d'efforts pour dissimuler nos sentiments à notre enfant, et visiblement nous avions échoué.

Je me suis éclairci la gorge avant de lancer avec toute l'assurance dont j'étais capable :

« C'est une drôle de question à poser, mon chou. Bien sûr que Papa et Maman s'aiment. Nous sommes mariés, n'est-ce pas ? On ne se serait pas mariés si on ne s'aimait pas.

– Nous ne..., a commencé Norah en butant sur les mots, nous ne sommes pas démonstratifs, chérie, voilà tout.

– Ce qui ne veut pas dire que nous ne nous aimons pas, ai-je complété.

– Je ne vous ai jamais vus vous embrasser.

– Ce qui ne veut pas dire que nous ne le faisons *pas*, ai-je souri. S'embrasser n'est pas tout, ma puce. C'est peut-être ce qu'on voit à la télévision et au cinéma, mais ce n'est pas la réalité. Dans la *vraie* vie, on n'a pas besoin de s'embrasser tout le temps. »

Elle a paru rassérénée. Du moins en partie. Elle s'est peut-être dit qu'elle avait des parents étranges. Elle avait peut-être vu ceux d'un de ses amis se baver l'un sur l'autre. Qui sait ce que peut bien penser un enfant à cet âge ?

Cette nuit-là, avant qu'elle ne s'endorme, je suis allé la voir dans sa chambre. Je me suis assis sur le bord du lit et j'ai essayé de la réconforter, de la rassurer.

« Tu sais, mon trésor, je suis fatigué quand je rentre du travail. Parfois même complètement épuisé. Ce qui me met de mauvaise humeur et ne fait pas de moi un compagnon très agréable. Ce n'est pas systématique, mais ça arrive souvent. Et ce ne serait pas très gentil pour Maman de me voir ronchonner en permanence, donc je vais dans mon bureau où je n'embête personne.

– Tu y dors, m'a-t-elle lancé d'un ton accusateur.

– C'est que je ronfle fort, ai-je menti, et ta mère a le sommeil très léger. Ça l'empêche de dormir. »

J'ai pris le double de la clé et je l'ai glissé sous son oreiller :

« C'est notre secret, j'ai murmuré. Rien que toi et moi. Et personne d'autre. *Tu* n'as pas besoin de frapper à la porte, je ne serai jamais de mauvaise humeur avec toi. Rends-moi visite quand tu veux. On pourra lire et écouter de la musique ensemble. Ce sera notre petit monde secret, un endroit douillet où personne ne pourra nous faire du mal. *Notre* monde. Ça te plairait ? »

Elle a souri et m'a tendu les bras.

Alors que je l'étreignais pour lui souhaiter une bonne nuit, elle a chuchoté :

« Oh oui, Papa. Ça serait merveilleux. »

***

Jenny allait avoir seize ans quand le père de Norah prit sa retraite. Il avait toujours été économe, et un investisseur avisé. Lui et sa femme décidèrent de s'installer dans le Dorset.

Il y était né et je crois qu'il ne s'était jamais vraiment acclimaté au Nord. Il me semble qu'il avait de la famille vers Bere Regis. Quoi qu'il en soit, les parents de Norah choisirent de finir leurs jours en bons bourgeois et achetèrent un cottage fleuri typique à quelques kilomètres de Frampton.

La perspective de voir ses parents partir si loin déstabilisa Norah à un point que je n'aurais jamais imaginé. Je pouvais certes comprendre. Moi aussi, j'avais beaucoup aimé mes parents. Toutefois, la suggestion, que dis-je, la demande expresse qu'elle me fit me causa un véritable choc.

J'étais en train de finir le chapitre d'un livre avant de me mettre au lit. Dans mon souvenir, c'était un livre de voyage assez ennuyeux, si bien que les coups frappés à la porte me firent l'effet d'une distraction bienvenue. Je savais que ce n'était pas Jenny car elle était déjà passée me souhaiter bonne nuit. À dire vrai, j'étais plutôt surpris. Norah venait rarement dans mes quartiers. Elle trouvait humiliant de devoir frapper avant d'entrer et ne s'en cachait pas.

Pourtant, après que je l'ai priée d'entrer, elle s'est assise dans le fauteuil libre. J'ai attendu.

« Je pense que *nous* devrions partir dans le Dorset, a-t-elle lancé tout de go.

– Bonté divine, pourquoi donc ?

– Tu pourrais vendre la pharmacie et te réinstaller.

– Où ça ? ai-je répondu en essayant de garder mon calme.

– À Frampton. Ou quelque part près de Frampton.

– Frampton ? ai-je répété pour gagner du temps.

– Quelque part près de Frampton. Pas très loin d'où vont vivre Père et Mère.

– Tu veux dire me réinstaller comme pharmacien ?

– Évidemment.

– Comme ça ? On laisse tout en plan et on recommence ailleurs ?

– Ça peut se faire.

– Norah, ai-je dit fermement, les pharmaciens indépendants ferment boutique aux quatre coins du pays. Ils se font laminer par les grandes chaînes.

– Tu te débrouilles plutôt bien.

– Parce que nous sommes *établis*, lui ai-je fait remarquer. Je représente trois générations de fiabilité. Comme mon père et mon grand-père, je suis quelqu'un de respecté, dont on sait qu'il dispose d'un large stock de produits et de médicaments que n'ont pas les magasins des grandes enseignes. Je suis *connu*.

– Tu pourrais vendre. À bon prix.

– Je pourrais vendre, ai-je admis. Je *pourrais* même obtenir un bon prix. Mais déménager ferait de moi un *inconnu*. Il me faudrait repartir de rien… et avec de grandes chances d'essuyer un échec. »

Ses yeux ont lancé des éclairs et sa bouche s'est resserrée. Puis les insultes ont jailli de part et d'autre.

C'était incroyablement stupide, mais j'imagine que c'est peu ou prou le lot de tous les mariages : ces joutes verbales, cette surenchère consistant à vouloir être celui qui blessera le plus. Et je devine que l'immense majorité des couples tient ces incidents de parcours pour ce qu'ils sont, de légers dérapages sur une route filant sereinement vers l'horizon.

De fait, cela aurait aussi pu être notre cas, sauf que Norah avait l'intention de nuire. Je la connaissais trop bien pour avoir le moindre doute. Elle était allée dans mon bureau pour cette raison et, pire encore, ne comptait absolument pas réparer le mal qu'elle aurait pu causer.

Elle jeta :

« C'est rare que je demande quelque chose.

– Mais quand tu le fais, ai-je rétorqué, tu demandes gros.

– Tu n'abandonnes aucune famille et tu n'as pas de véritables amis en ville.

– J'ai une fille. *Notre* fille. Ou alors n'a-t-elle aucune importance ?

– Je ne vois pas ce que…

– Sa scolarité va être interrompue.

– Nous n'avons pas à partir avant qu'elle quitte l'école. Après ça…

– *Elle* a des amis.

– Je vois. »

Le coin de sa bouche se tordit en une grimace.

« Donc, nous allons nous rendre malheureux pour une adolescente. C'est bien ça ?

– Nous restons à Rogate-on-Sands, articulai-je d'un ton qui ne souffrait aucune réplique. *Je* n'y serai pas malheureux.

– *Moi*, je le serai.

– Et Jenny non plus ne sera pas malheureuse.

– Tu ne peux pas parler à sa place.

– Elle *pourrait* l'être si nous partions. Je ne prendrai pas ce risque.

– Herbert, elle adore ses grands-parents.

– Il n'y a rien d'extraordinaire à cela.

– Tu sous-entends que non ?

– Je ne sous-entends rien de la sorte. Je ne fais que souligner quelques évidences. Par exemple, le fait que tu es une femme égoïste à l'extrême.

– *Moi*, égoïste !

– Bon Dieu, Norah, tu m'as *épousé.* »

C'est l'une des rares fois où j'ai perdu mon sang-froid.

« C'est toi qui as prononcé les vœux. Ce n'était pas seulement un petit mariage à la mairie, mais le Grand Moment… si tu te souviens. Demoiselles d'honneur, enfants de chœur, orgue, tout le tremblement. *Et* la cérémonie à l'ancienne. Tu serais avisée de te rappeler les vœux que tu as faits. Ils impliquaient bien quelque chose du genre "renoncer à tout autre", n'est-ce pas ?

– Quelle ignominie, tu es pathétique…

– Moi, en revanche, je n'ai pas fait la promesse solennelle de sillonner le pays à la suite de *tes* parents. Pas plus que je n'ai accepté de mettre notre avenir en péril pour satisfaire le caprice d'une femme stupide qui a encore besoin de se réfugier dans les jupons de sa maman.

– Tu es vraiment quelqu'un de répugnant, a-t-elle grincé.

– Suis-je supposé être d'accord avec cette affirmation tendancieuse ?

– Non ! Tu n'es pas supposé être d'accord, quoi que je dise.

– Tant mieux. »

J'ai remis mon livre en position de lecture.

« Dans ce cas, tout le monde est content. Restons-en là. Et, si tu veux me faire une faveur, laisse-moi lire en paix. »

***

Cette dispute fut un tournant décisif dans notre mariage. On ne s'était rien lancé l'un sur l'autre, on n'en était pas venus aux mains, mais c'était néanmoins la fin d'un autre chapitre.

En y repensant, nous aurions pu tous deux grandir en maturité. Avec l'âge, les tensions entre nous auraient pu s'apaiser progressivement – mais alors *très* progressivement. Et après le mariage de Jenny quelques années plus tard, nous aurions pu faire les compromis nécessaires pour nous rapprocher.

Mais cette dispute particulièrement âpre réduisit à néant cette possibilité.

Je n'ai jamais haï ma femme. Je peux le dire honnêtement. Je pense être incapable d'éprouver la haine authentique, celle qui annihile toute raison et agit comme un cancer de l'âme. Dans le même ordre d'idées, du moins je crois, je n'ai jamais connu l'amour dont il est question dans les grands romans. Le genre d'amour typique des sœurs Brontë. Celui qui procure des émotions incontrôlables.

Pour résumer, je suis un homme modéré. Il m'est difficile de déborder d'enthousiasme pour quoi que ce soit. Les rares plaisirs que je m'octroie sont simples et peu coûteux. Ils n'impliquent aucune forme d'obsession.

Moyennant quoi, je ne haïssais pas Norah.

Je me contentais de la détester… intensément !

V

L'inspecteur-chef referma la porte de la salle d'interrogatoire d'un coup de talon et apporta le plateau jusqu'à la table. Il le posa à mi-distance entre lui et l'homme. S'y trouvaient deux gobelets de thé brûlant, un sucrier, une briquette de lait et une soucoupe garnie d'une demi-douzaine de sablés.

« Servez-vous, dit-il en se rasseyant sur la chaise qu'il avait délaissée le temps d'aller chercher de quoi grignoter.

– Je ne m'attendais pas à ça, commenta l'homme, étonné.

– On fait les choses à notre manière. »

L'inspecteur-chef versa une cuillerée de sucre, puis du lait, dans l'un des deux gobelets de thé.

« Pas de matraque en caoutchouc, pas de lampe de bureau aveuglante. C'est ce que vous vous imaginiez ?

– Non, mais... »

L'homme se pencha légèrement en avant et mit du sucre et du lait dans le second gobelet. Il se mordilla la lèvre inférieure avant d'ajouter :

« Je ne savais pas à *quoi* m'attendre.

– Passez suffisamment un type à tabac et au bout d'un moment, il avouera tout ce que vous voulez. »

L'inspecteur-chef touilla son thé et poursuivit :

« Ce ne sera pas forcément la vérité, bien entendu. En fait, tout porte à croire que ça ne sera *pas du tout* la vérité. »

L'homme hocha la tête, toujours un peu interloqué.

L'inspecteur-chef croqua dans un biscuit et, tout en mâchant, s'enquit sur le ton de la confidence :

« Pas d'autre femme ?

– Je vous l'ai déjà dit.

– Pas seulement après vous être marié, mais *avant*.

– Je vous l'ai déjà dit, répéta l'homme d'un ton las. Nous étions tous deux vierges lors de notre nuit de noces.

– Je ne veux pas dire tout le bazar, insista l'inspecteur-chef. Mais des petits flirts dans le local à vélos, ou dans l'obscurité d'une salle de cinéma.

– Non. Rien de tout ça.

– Vous n'avez pas joué au docteur ? Pas de séances de pelotage pour partir à la découverte du corps de la fille qui vous attirait ?

– Rien », répéta l'homme.

Il goûta le thé et prit un biscuit.

« Je vous l'ai dit, inspecteur-chef, je suis un individu très terne, et ma jeunesse l'a été tout autant.

– Et votre femme, Norah ?

– Je peux vous certifier qu'elle était également, comment dire, "innocente", soupira-t-il.

– Donc, hormis votre femme, les seules personnes qui composaient votre existence – votre univers entier, en fait –, c'étaient vos parents ?

– Et Jenny. Elle était plus importante que n'importe qui d'autre.

– Oui, mais Jenny est venue plus tard. »

L'inspecteur-chef agita ce qui restait de son biscuit.

« J'essaie de me représenter le tableau. Vous et vos parents. Votre femme et *ses* parents. Des liens presque identiques... Vous ne trouvez pas ?

– Oui, sans doute.

– Et pourtant vous n'avez pas compris.

– Compris quoi ?

– Qu'elle veuille désespérément aller rejoindre ses parents dans le Sud.

– C'était impossible. Je devais penser à mon commerce. Je n'avais pas la possibilité...

– Ah, mais vous n'avez pas *compris.* »

L'inspecteur-chef avala la dernière bouchée de son biscuit.

« Mettez-vous à sa place. Supposons que les parents de votre femme soient morts et que *vos* parents aient décidé de s'installer dans le Dorset. Vous n'auriez pas ressenti la même chose ? Le même désir pressant de vous rapprocher d'eux ?

– Je devais veiller sur mon commerce. Et sur Jenny.

– Je ne dis pas que vous seriez parti, seulement que vous en auriez *ressenti* l'envie.

– Peut-être, admit l'homme à contrecœur.

– Votre fille, votre femme, vos parents. Un monde de quatre personnes. *Votre* monde, le seul que vous ayez jamais connu. À tous les coups, vous auriez été tenté. Et vous auriez peut-être tenté le coup. Au minimum, vous auriez pesé le pour et le contre en réfléchissant au moyen de conserver ce monde intact.

– Mon monde, dit l'homme tristement, comme en écho.

– Tout à fait.

– Sauf que le monde de Norah n'avait rien à voir. Au début, peut-être un peu. Mais ensuite elle a intégré toutes ces associations de bonnes femmes.

– Elles comptaient vraiment à ses yeux ? s'enquit l'inspecteur-chef en reprenant du thé et un autre petit gâteau. Plus que ses parents, peut-être ?

– Ah, ça non ! » s'exclama l'homme sans l'ombre d'une hésitation. « Certainement pas plus importantes que ses *parents.*

– Mais ça a pu jouer ?

– Si c'est le cas, pas beaucoup.

– Et Jenny ? »

L'homme parut perplexe, comme s'il ne comprenait pas la question.

« Est-ce que Jenny comptait plus pour votre femme que ses propres parents ? développa l'inspecteur-chef.

– Euh... »

Il hésitait à présent, et choisit soigneusement ses mots.

« Je crois que Norah aimait Jenny. En fait j'en suis certain. *Évidemment* qu'elle l'aimait. Pas aussi fort que *moi*, bien sûr. Mais sans aucun doute, elle l'aimait.

– Plus que ses parents ?

– Je ne sais pas, répondit l'homme en secouant la tête. J'imagine que oui. *Forcément*. Après tout, c'était la mère de Jenny. Mais elle n'était pas démonstrative. Elle ne faisait pas étalage de ses sentiments.

– Est-ce qu'elle *vous* aimait ? demanda l'inspecteur-chef en souriant avant de croquer son biscuit.

– Norah ? »

L'inspecteur-chef opina de la tête.

« Je… je ne sais pas. J'imagine que oui. Elle m'aimait à sa manière, je crois.

– Autant que vous l'aimiez ?

– C'est difficile à dire.

– Davantage, peut-être ?

– Je ne sais pas. Je ne sais *vraiment* pas. »

Le ton trahissait une pointe de désespoir.

« Quand même, il a dû y avoir *quelque chose*, dit l'inspecteur-chef.

– Quoi ?

– À un moment ou à un autre. Après tout, vous vous êtes mariés.

– On s'est laissé embringuer, marmonna l'homme.

– Arrêtez votre *char*. »

L'inspecteur-chef affichait un sourire rusé.

« Les deux personnes que vous avez décrites. Les jeunes. Le jeune homme. L'écolière. La jeune femme. Vous et votre femme avant le mariage. Des gens comme vous ne se laissent pas "embringuer" dans un mariage. Vous n'étiez pas du genre tout feu tout flamme. Vous étiez prudents et réfléchis. Sans imagination. Très lents à prendre une décision. Des gens comme vous ne se laissent jamais "embringuer" dans quoi que ce soit.

– J'imagine que non, dit l'homme, l'air inconsolable. Je suppose que non… effectivement.

– Jenny n'avait pas le profil à faire de grandes études. »

L'inspecteur-chef avait si brusquement changé de sujet que l'homme battit des paupières.

« Désolé. Je ne…

– C'était pas une idiote, ni une abrutie, poursuivit l'inspecteur-chef tout en grignotant. Rien de tout ça… mais elle n'était pas faite pour l'université.

– Elle n'était pas stupide. »

L'homme parut soudainement sur la défensive.

« Évidemment qu'elle ne l'était pas.

– Si vous insinuez que…

– Rien d'autre que ce que vous m'avez dit, coupa l'inspecteur en agitant un morceau de biscuit. Une gamine normale et en bonne santé, mais pas une bête à concours. Pas du genre à collectionner les prix Nobel. C'est tout ce que je veux dire.

– Elle était aussi bien que les autres.

– Évidemment.

– Mieux que beaucoup.

– Mais elle ne sortait pas du lot.

– Elle ne sortait pas du lot, admit l'homme à regret.

– Donc, si vous aviez été d'accord pour déménager dans le Dorset où vos beaux-parents allaient s'installer, ça n'aurait pas *vraiment* contrecarré la scolarité de qui que ce soit. N'est-ce pas ?

– Elle allait encore à l'école.

– Elle avait quinze ans, peut-être seize. Et elle n'allait pas poursuivre ses études à l'université… à moins que si ?

– Non, bien sûr que non.

– Donc sa scolarité était quasiment finie ?

– Je suppose que oui. »

L'homme fit une pause avant de reprendre.

« En quelque sorte…

– En quelque sorte *rien du tout* ! »

L'inspecteur-chef l'interrompit brutalement, exaspéré.

« Bon sang, mon vieux, elle était sur le point de quitter l'école.

– Oui, acquiesça l'homme d'un hochement de tête.

– Donc, reprit l'inspecteur sur un ton plus amical, c'était une fausse excuse ?

– Quoi ?

– Prétendre que partir dans le Dorset allait – comment avez-vous dit ? – "interrompre" sa scolarité. Sa scolarité était déjà terminée. »

L'homme hocha la tête en signe d'assentiment.

« Donc c'était une fausse excuse ?

– Mais qu'est-ce que vous essayez de prouver avec toutes ces questions ? lança l'homme d'une voix où perçait l'agacement. Qu'est-ce que, au juste, vous...

– Pour l'instant, l'interrompit posément l'inspecteur-chef, je n'essaie pas de prouver quoi que ce soit. Avant de pouvoir *prouver* quelque chose, avant même de *croire* quelque chose, je dois d'abord faire le tri entre la vérité et la fiction. »

Fallait-il suivre les parents de Norah dans le Dorset ? Je crois que notre dispute à ce sujet l'avait plus marquée que moi. Je peux comprendre, bien sûr. Avant de les perdre définitivement, j'avais moi aussi connu semblables attaches familiales. Et peut-être avais-je oublié leur importance.

Jusqu'à ce que Jenny quitte l'école et un peu après, des lettres commencèrent à arriver deux fois par semaine à notre domicile. Elles étaient toujours adressées à Norah, jamais à « M. et Mme ». Je n'avais aucune raison de les ouvrir ou même de les lire quand je les voyais sur le buffet. Et Norah, maintenant que j'y pense, n'en parlait jamais.

En conséquence de quoi, on me pardonnera aisément d'avoir tenu pour acquis que ces lettres relevaient du simple courrier familial. D'autant que Norah semblait s'être résignée à son sort, quand un choc considérable vint me frapper de plein fouet.

Un choc qui me força à une confrontation majeure.

***

Un soir, j'ai trouvé la maison vide. Cela n'avait rien d'inhabituel en soi, Jenny avait ses amis et Norah ses activités diverses et variées dans un nombre sans cesse croissant d'associations féminines.

C'était par une très belle journée. Le soleil avait brillé de tous ses rayons et la soirée promettait d'être chaude et étouffante. Je ne voulais surtout pas d'un repas copieux, aussi ai-je ouvert le frigo pour me préparer une salade au fromage.

Je l'avais à moitié avalée quand le téléphone a sonné.

Je me rappelle avoir pensé que ça devait être un des amis de Jenny. Comme la plupart des jeunes de son âge, Jenny avait coutume de tenir de longues et futiles conversations au téléphone ; comme la plupart des parents, j'avais essayé de lui dire gentiment que c'était une habitude onéreuse. Sans grand succès.

Je me souviens avoir décroché le combiné avec la ferme intention de rappeler à qui que ce soit au bout du fil que, même à bas tarif, une conversation de trente minutes d'inutile verbiage se situe hors des limites de l'usage normal du téléphone.

Je fus surpris d'entendre la voix de Norah.

« Je pensais bien que tu serais à la maison à cette heure. »

Je n'entendais pas très bien. Comme si elle ne passait pas un appel local… ce qui, de fait, était le cas.

« Oui ? ai-je dit.

– Je t'appelle de chez Mère.

– De chez Mère ? »

L'espace d'un instant, je n'ai pas compris ce qui se passait.

« De Frampton, a-t-elle précisé d'une voix très calme. Jenny est avec moi. On a voyagé toute la journée.

– Mais qu'est-ce vous pouvez bien ficher là-bas ? Quelque chose ne va pas ?

– Ne va pas ? »

Maintenant c'était *elle* qui ne comprenait pas.

« Quelqu'un est malade ? Tu aurais dû…

– Tout le monde va bien.

– Dans ce cas, qu'est-ce que…

– Je te quitte, Herbert.

– Tu me *quoi* ?

– Je te quitte. J'ai attendu que Jenny finisse l'école et j'ai pris mes dispositions. »

Je me souviens avoir baissé le combiné et respiré profondément pour retrouver mon calme.

Quand j'ai repris le téléphone, Norah était en train de dire :

« ... et j'ai organisé les choses par courrier. Mais, comme d'habitude, ça ne t'a pas intéressé. Tu n'as même pas posé de questions.

– Norah ! »

Je me suis maîtrisé, j'ai parlé doucement et distinctement afin d'être sûr qu'elle comprenne bien ce que je disais.

« Norah, écoute bien. Je ne te le dirai qu'une fois. Je ne veux plus de coups de téléphone ni de lettres. Il n'y aura que cette conversation, et sois assurée que je pèse chacun de mes mots.

« Je ne t'ai pas mise dehors. Tu peux revenir quand tu veux, à n'importe quel moment. Mais jusqu'à ton *retour*, il n'y aura plus d'argent à ta disposition. Je n'honorerai aucun chèque. Demain matin je vais prévenir la banque que ta carte de crédit a été volée, *et* ton chéquier avec. Tu n'auras plus rien. Rien ! Je ne connais pas la situation financière de ton père, mais ça m'étonnerait qu'il puisse entretenir une femme, une fille *et* une petite-fille. Hormis comme femme au foyer, tes possibilités de gagner de l'argent sont inexistantes. Tu n'as été formée à *rien*, même pas au plus élémentaire travail de bureau. Tu peux être femme de ménage, à la rigueur. De celles qui vont trimer chez les nantis. Si ton père est prêt à te laisser faire ça, tu devrais *tout juste* pouvoir lui rembourser le coût de ta pension complète. Voire un peu des frais de Jenny.

« Quant à *moi*, je ne parlerai de rien, sauf si on m'interroge. Mais à la première question, *je* dirai la vérité. Tu m'as quitté et tu as pris Jenny. Je ne donnerai pas d'autre explication, pour la bonne raison que je n'en ai *aucune*. Elles penseront ce qu'elles voudront. Tu sais mieux que moi quels ragots tes amies sont capables de colporter. Sache que je ne ferai rien pour démentir ou confirmer.

« Voilà en revanche ce que je peux te promettre : si tu vas chez un avocat – si tu oses seulement t'en *approcher* – si je reçois le moindre courrier d'un cabinet, cette situation grotesque se terminera en justice et tu devras expliquer ton acte ridicule. Dire *pourquoi*, sans raison valable, tu as quitté un bon foyer, sacrifié une coquette allocation pour tenir la maison et embarqué notre enfant à l'autre bout du pays, tout ça pour être près de tes parents.

« J'imagine que tu as tes raisons. J'espère qu'elles sont bonnes. Quoi qu'il en soit, je suis certain qu'elles intéresseront la presse locale. »

J'ai raccroché tandis qu'elle commençait à répondre. Je n'avais aucune envie d'écouter des inepties.

J'avais fixé un ultimatum. À présent, c'était à elle de faire son choix.

***

Il lui a fallu près de deux semaines pour recouvrer la raison. J'ai reçu une lettre, mais je ne l'ai pas lue – je l'ai déchirée sans même la décacheter et jetée dans la corbeille à papier.

Puis est arrivée la capitulation sans conditions. C'était l'une de ces journées maussades et incertaines où la pluie menace sans cesse. Je me souviens que je regardais les touristes déambuler sur la promenade, l'air tristement indécis. Ils voulaient profiter du soleil s'il se décidait à paraître. Mais si la pluie redoutée se mettait à tomber, alors il valait mieux passer l'après-midi dans la salle de cinéma locale, en espérant une soirée plus clémente.

Nous, les commerçants, savons interpréter les attitudes des vacanciers et sommes souvent désolés pour eux, voire vaguement honteux à l'idée que la changeante Rogate-on-Sands puisse ainsi gâcher des loisirs durement gagnés.

Peu avant la fermeture, je m'en souviens bien, Jenny déboula dans la pharmacie presque au galop. L'assistante voulut l'accueillir mais n'eut droit qu'à un bref sourire tandis qu'elle se précipitait dans le dispensaire.

« Papa, on est rentrées ! »

Elle m'a tendu les bras et nous nous sommes serrés fort, puis je me suis penché pour lui donner un baiser sur le front.

Comme j'ignorais ce qu'*elle* savait ou pas de la situation, je me suis contenté de lui dire : « Tu m'as manqué, ma puce. Tu m'as beaucoup manqué.

– En tout cas, c'était des vacances géniales.

– Bien. »

J'ai fait fonctionner mon esprit à toute vitesse pour tenter de savoir ce qu'on lui avait raconté.

« Un jour, grand-père nous a emmenées à Weymouth. Et une autre fois, on est tous allés à Lyme Regis.

– Tu t'es bien amusée ?

– C'était *génial*, a-t-elle répété avant d'ajouter très vite : Mais ç'aurait été encore mieux si tu avais pu venir.

– Le travail, mon chou. »

J'ai posé une main sur son épaule puis je lui ai demandé :

« Comment va Maman ? Les vacances lui ont fait du bien ?

– Elle a eu mal à la tête. Beaucoup d'affreux maux de tête.

– Mince, alors.

– Mais je crois que ça va mieux maintenant. Elle m'a envoyée pour te prévenir que nous étions rentrées et que tu ne devais pas aller manger dehors. Ton dîner sera prêt quand tu rentreras à la maison. »

À ce jour, je reste étonné de la façon dont Norah a écarté ce qui aurait pu être le naufrage de notre mariage. Et plus encore, ce qui aurait pu être une expérience traumatisante à long terme pour notre enfant.

Et pourtant…

Extérieurement, elle était calme. Presque amicale. Mais intérieurement, elle devait bouillir. De toute évidence, sa défaite était totale. Je l'avais bel et bien forcée à regagner sa niche, je l'avais dépouillée de tout orgueil.

Je n'ai pas crié victoire. Je me suis montré aussi posé qu'elle. Mais elle *savait* forcément. En dépit du mensonge convenu selon lequel elle était allée « chez ses parents pour de courtes vacances ». Ça, c'est ce qu'elle avait raconté à ses amies.

Et pourtant, de manière inexplicable, elle m'a servi ce mensonge, à moi, ce soir-là.

Le jour s'effaçait et le soleil couchant aurait réchauffé le monde entier. C'était le crépuscule. Le ciel était bleu-gris avec de l'écarlate à l'ouest, puis s'assombrissait à l'est dans les teintes violet sombre jusqu'à l'orée de la nuit. Clos d'une barrière, le jardin derrière la maison paraissait être l'endroit le plus intime de la terre. Au-dessus du muret, dans la rue, des réverbères de quelque deux mètres de haut répandaient une lumière dorée qui commençait à projeter les ombres des arbres sur la pelouse. Coupée de la réalité grâce à ses écouteurs, Jenny passait dans sa chambre les derniers glapissements cacophoniques d'un groupe pop voué à retourner bientôt à l'anonymat.

Norah et moi avons fait un tour dehors pour discuter. Pas très fort, puisque nous n'étions pas loin l'un de l'autre. Nous avons dit des choses tout en voulant en dire d'autres. Nous savions pertinemment tous les deux ce qui se cachait derrière l'écran des mots de chacun.

« C'était une coupure agréable, a-t-elle démarré. De bonnes vacances.

– Ainsi, c'était ça ?

– En tout cas, c'est ainsi que ça s'est *terminé.*

– Un petit séjour avec Jenny, j'ai murmuré.

– Je voulais voir comment ça se passait.

– Naturellement.

– Je devais prendre une décision.

– Je suis ravi que tu aies pris la bonne.

– Est-ce que quelqu'un a posé des questions ? a-t-elle demandé avec un léger tremblement dans la voix.

– À quel sujet ?

– À propos de mon absence.

– Tu étais en vacances... N'est-ce pas ?

– Mais est-ce que quelqu'un... ?

– J'ai été discret... comme d'habitude.

– Donc personne ne sait ?

– Jenny est allée en vacances. Tu étais avec elle.

– C'était sans doute la meilleure façon de présenter ça. En attendant que je prenne une décision.

– Et maintenant tu l'as prise, ai-je dit avec douceur.

– Sans doute, puisque je suis de retour.

– Ça pourrait aussi n'être qu'une brève visite pour récupérer quelques effets personnels.

– Non, ce n'est pas le cas.

– Tu auras donc discuté avec tes parents.

– Oui, en quelque sorte.

– De quelle sorte ?

– J'ai discuté de la situation. De manière plutôt approfondie.

– Et ?

– Ils ne veulent plus te revoir.

– À moins qu'ils ne viennent ici, ça ne devrait pas poser problème.

– Ils ne viendront pas.

– Mais toi, tu es *revenue* ? »

Qui pourrait me blâmer de m'être montré quelque peu taquin ?

« Je suis là avec toi, n'est-ce pas ?

– Cela ne se reproduira plus. »

Elle a cru que c'était une question et a répondu :

« J'en doute.

– Cela ne se reproduira *plus*, ai-je répété, impassible. La prochaine fois, économise l'argent du billet de retour. J'aurai changé la serrure.

– Il n'y aura pas de "prochaine fois". »

Prononcés sur un ton égal, ces mots n'en signaient pas moins sa reddition inconditionnelle. Puis elle a ajouté :

« Mes options sont très limitées... par rapport à Jenny.

– Tu n'y avais pas pensé avant ?

– Ne la monte pas contre moi, a-t-elle plaidé.

– L'ai-je jamais fait ?

– Un jour, elle pourrait avoir besoin de moi.

– Elle a besoin de ses deux parents. En permanence. Encore quelque chose que tu ferais bien de comprendre. »

***

La vie a changé. Il le fallait bien. Norah s'était trop ridiculisée pour que tout continue comme avant.

Ce dîner, le jour de son retour, est l'un des derniers repas que nous avons partagés. À dater de ce moment-là, elle prit l'habitude de manger avant que je ne revienne et sortait rejoindre ses amies dans leurs diverses réunions en me laissant un plat plus ou moins « préparé ». Je crois bien qu'elle a fait partie de toutes les organisations caritatives de Rogate-on-Sands. Elle ne manquait pas une seule œuvre de bienfaisance, une seule commémoration, une seule levée de fonds. Généralement, elle se chargeait de la partie administrative. Je suppose que ça l'occupait. Ça l'empêchait de repenser à l'extrême stupidité de son escapade dans le Dorset, et ça nous tenait séparés l'un de l'autre. Ce qui était sans doute l'objectif premier.

Nous vivions plus que jamais des existences séparées. Nous partagions une maison, un toit, les mêmes murs et le même jardin. Aux yeux de n'importe quel observateur extérieur (et, je l'espère, aux yeux de Jenny), nous passions pour un couple banal, sans éclat ni fantaisie. Nous nous adressions rarement la parole, ce qui pouvait paraître bizarre... mais personne n'avait l'air de s'en formaliser.

Hors de question pour nous de se balader gentiment main dans la main. Les rares fois où nous étions de sortie ensemble, nous nous tenions l'un à côté de l'autre, mais sans jamais nous toucher. Et, en voiture, Jenny s'asseyait devant tandis que Norah occupait la banquette arrière.

Je me souviens des dix-huit ans de Jenny. Je lui avais organisé un repas d'anniversaire au Beaconfield, où nous occupions une table de quatre dans la somptueuse salle à manger. La place vide était entre moi et Norah. J'ai aidé Jenny à choisir sur le menu et nous avons commandé pour nous deux. Puis Norah a commandé séparément.

Déconcerté, le serveur s'est enquis :

« Vous êtes tous les trois ensemble, monsieur ?

– C'est à moi que vous donnerez l'addition », ai-je répondu en souriant.

Ce qui répondait à sa question tout en éclairant ma femme sur *sa* situation.

***

Les premiers mois qui ont suivi l'épisode du Dorset m'ont causé quelque souci.

Par nécessité, j'ai dû m'organiser avec la banque pour que Norah ait une nouvelle carte de crédit, ce qui lui donnait la possibilité de puiser autant d'argent qu'il y en avait sur le compte commun. En théorie, elle aurait donc pu, si elle l'avait voulu, me frapper fort au porte-monnaie. Mais elle ne l'a pas fait. Peut-être n'a-t-elle pas *osé* ? Afin de me tranquilliser, j'ai ouvert un deuxième compte à mon nom. J'y ai transféré de l'argent et me suis assuré de ne laisser qu'une modeste somme sur le compte commun.

Je n'étais ni avare ni mesquin. Je payais les factures de la maison et m'acquittais de ce que je considérais (et considère toujours) comme un beau montant pour les dépenses du ménage.

Jenny non plus n'a jamais manqué de rien.

VI

L'inspecteur-chef appuya sur l'interrupteur et les néons se mirent à grésiller et à clignoter avant d'inonder la pièce d'une éclatante lumière bleutée. C'était l'éclairage le plus judicieux qui soit, au sens où la salle d'interrogatoire reflétait l'état d'esprit de l'inspecteur-chef : rien ne serait laissé dans l'ombre.

L'inspecteur-chef revint à sa chaise puis demanda :

« Qu'est-ce qu'il y avait dans votre bureau ?

– Je vous l'ai déjà dit. Un bureau. Deux chaises...

– Qu'est-ce qu'il y avait que votre femme ne devait pas voir ?

– Rien, dit l'homme en écarquillant les yeux de surprise. Je voulais préserver mon intimité, c'est tout.

– Et pourquoi pas un verrou ? suggéra mine de rien l'inspecteur-chef. C'est beaucoup moins cher qu'une serrure Chubb.

– Eh bien, quand je n'étais pas là..., entreprit d'expliquer l'homme. Voyez-vous, je ne voulais pas qu'elle fouine quand j'étais à la pharmacie.

– Donc, ça concernait *autre chose* que l'intimité ?

– Quoi ?

– Quand vous n'étiez pas là – quand vous étiez au boulot – il ne pouvait pas y avoir de problème d'intimité. Puisque vous n'étiez pas *dans* votre bureau. L'intimité n'entrait sûrement pas en jeu ?

– Elle... elle regardait dans mes affaires.

– Quelles affaires ?

– Mes papiers, mes livres, ma collection de timbres. Tout.

– Vous ne vouliez même pas qu'elle *regarde* ? remarqua l'inspecteur-chef en haussant un sourcil.

– Je suis... je suis un homme qui tient beaucoup à son intimité. Désolé si cela vous semble bizarre, mais...

– Vous étiez aussi un homme *marié.*

– Oui, répondit-il d'un mouvement de tête, tout en cherchant à deviner où voulait bien en venir l'inspecteur-chef.

– "Les époux doivent partager à parts égales..." et patin-couffin.

– Nous n'avions pas grand-chose en commun.

– Bien au contraire, rétorqua l'inspecteur-chef tout sourire. Vous vous ressembliez *beaucoup.*

– Vous... vous ne la connaissiez même pas, protesta l'homme en dévisageant son interlocuteur.

– C'était l'avis de votre père.

– Quoi ?

– Avant votre mariage... vous vous souvenez ? Cette remarque sur le fait que vous étiez trop semblables l'un à l'autre. Vous étiez d'accord... n'est-ce pas ? »

L'homme se renfrogna.

« N'est-ce pas ? insista l'inspecteur-chef.

– Par certains côtés », admit l'autre à contrecœur.

L'inspecteur-chef tira son paquet de cigarettes de sa poche. Il l'ouvrit et pour la première fois en proposa une à l'homme.

« Je ne fume pas, dit celui-ci.

– Moi si, commenta l'inspecteur-chef en se collant une cigarette à la bouche. Je revendique le droit de me tuer.

– Et les autres ? Ceux qui ne fument pas mais qui sont obligés de respirer votre fumée ?

– Et c'est un empoisonneur qui dit *ça* ? »

L'inspecteur-chef craqua une allumette et porta la flamme à sa cigarette. Il poursuivit :

« Parlons de musique. Vous aimez la musique ?

– Je vous l'ai déjà dit.

– Celle que vous appelez de la "bonne" musique ?

– La musique classique. La *vraie* musique.

– Mais votre femme n'avait pas les mêmes goûts ?

– Je ne me fais pas d'illusions sur ses préférences dans le domaine ; les mélodies sirupeuses sortant du kiosque à musique sur la jetée.

– Pas Mozart, par exemple ? »

L'homme eut un sourire condescendant en guise de réponse.

« Pourtant, nota doucement l'inspecteur, vous avez refusé l'écoute d'une symphonie de Mozart.

– Quand ça ? »

La soudaineté de la question parut ramener l'homme des années en arrière.

« Oh, vous parlez du *Prague* de Mozart…

– Vous étiez alors en train de lire Hardy, précisa l'inspecteur-chef, tout miel.

– C'était à la télévision, maugréa l'homme.

– C'était une perche qu'elle vous tendait. Vous l'avez reconnu vous-même et vous l'avez rejetée.

– Je n'aime pas regarder la retransmission télévisée d'un concert symphonique. La personne chargée des caméras ne…

– Vous n'aimez pas vous balader sur la promenade.

– Je la vois déjà toute la journée pendant que je suis au…

– Tout ce que vous vouliez, c'était rester assis dans votre bureau à lire et à écouter la musique de *votre* choix, sans même vous donner la peine d'être aimable. »

L'inspecteur-chef tira une longue bouffée de cigarette et relâcha la fumée par le nez avant de continuer :

« Vous vouliez le beurre et l'argent du beurre, l'ami. À tout moment. Une vie selon vos critères… ou rien.

– Vous pensez que c'est pour ça que je l'ai empoisonnée ? »

Curieusement, l'homme semblait déçu.

« C'est vous-même qui l'avez dit. Pour éviter la honte d'un divorce.

– Si le choix lui avait été donné…

– A-t-elle *eu* le choix ? coupa l'inspecteur-chef.

– Vous voulez dire : est-ce que je lui ai *demandé* ?

– Vous auriez pu divorcer quand elle est partie dans le Dorset. Elle savait forcément que c'était une *possibilité*.

– J'imagine.

– Elle avait donc opté pour la "honte", alors.

– J'ai fait un choix, soupira l'homme.

– À *sa* place ?

– J'ai pensé que c'était le choix qu'elle aurait fait.

– *Si* toutefois vous l'avez empoisonnée.

– Vous pensez que ce n'est *pas* le cas ? Vous pensez *toujours* que je ne l'ai pas fait ?

– Je commence à me demander si je parle à un meurtrier ou à un fou. Ou bien à un crétin content de lui ? À un cas d'école pour la psychiatrie ? Ou alors à un salaud de pervers assez tordu pour vouloir me faire perdre mon temps ?

– Vous ne croyez quand même pas *ça*, inspecteur-chef, protesta l'homme.

– Non, répondit l'inspecteur-chef d'une voix où perçait le dégoût. J'ai cessé de croire *ça*. Auparavant, peut-être, mais plus maintenant. Il y a trop de détails. Qui peuvent être vérifiés et qui l'ont *été*... pour votre gouverne. »

L'homme eut un sourire :

« Et moi qui croyais que vous aviez quitté la pièce *uniquement* pour aller chercher quelque chose à grignoter.

– Vous avez une objection à faire ? »

Aussitôt, l'inspecteur-chef ajouta :

« Quoiqu'on s'en fiche complètement, de vos objections. »

L'homme haussa les épaules, résigné.

« Et en ce qui concerne Jenny ? grommela l'inspecteur-chef.

– Jenny ?

– Votre fille. Elle va devoir être informée. En tant que plus proche parente et tout ça.

– Elle va être ébranlée.

– Ah bon, ébranlée ? Pas choquée ?

– Choquée, si vous préférez.

– À vous de choisir. »

L'inspecteur-chef ne cherchait même plus à dissimuler son exaspération.

« Encore à vous de choisir. "Ébranlée" ou "choquée" ?

– Là, nous coupons les cheveux en quatre, murmura l'homme.

– Très bien. »

L'inspecteur-chef tira une dernière bouffée de sa cigarette et l'écrasa dans le cendrier. Il répéta :

« Très bien, coupons les cheveux en quatre. Nous avons toute la nuit devant nous. »

Norah a tenté de me convaincre de laisser Jenny chercher du travail. Pour être honnête, je pense qu'elle était animée des meilleures intentions du monde. Mais elle se trompait. Jenny – *ma* Jenny – ne se mettrait aux ordres de personne.

Jenny allait aider sa mère dans l'entretien de la maison et du jardin. Peut-être pourrait-elle se retrouver à officier derrière le comptoir si un des employés de la pharmacie était malade ou en vacances. Mais c'était bien le maximum… et encore, seulement si elle était d'accord.

Norah avait d'autres idées.

Jenny avait quitté l'école depuis à peine un mois. J'étais en train de manger un plat plus ou moins bien préparé et Norah vaquait à ses tâches dans la cuisine quand elle a mis le sujet sur le tapis. Brusquement, comme à son habitude.

« À quel genre de travail Jenny pourrait-elle bien s'essayer ? »

Je me rappelle que j'étais en train de déguster un plat au poisson et au fromage. Une recette que Norah avait dû piocher dans un de ses magazines féminins. Ou peut-être qu'elle la tenait de l'une des « causeries » des diverses associations dont elle était membre. En tout cas, c'était différent de l'ordinaire, et plutôt bon.

J'ai temporisé en demandant :

« Elle a abordé le sujet ?

– Non.

– Alors pourquoi le ferais-tu ? »

Sans quitter l'évier des yeux, elle a lancé :

« Elle est jeune et en pleine santé.

– Je ne vois pas le rapport.

– Je pense qu'elle devrait travailler.

– Gagner sa vie ? ai-je gentiment ironisé.

– C'est bien de ça qu'il s'agit.

– J'ai tout à fait les moyens d'assumer ma fille.

– Là n'est pas le problème, Herbert.

– Nous n'avons assurément pas besoin du peu qu'elle gagnerait.

– Là est *encore moins* le problème.

– Est-ce qu'elle se plaint ?

– Non. »

Elle a rangé les couverts dans le lave-vaisselle.

« Mais je suis sûre que l'expérience lui serait bénéfique. Peut-être qu'une formation de secrétaire...

– Perte de temps et d'argent. Elle ne va pas devenir secrétaire.

– Il y a aussi un poste qui se libère chez Marks & Spencer.

– Tu sais ça, toi ?

– Je connais la femme du directeur. La place est pour Jenny si elle la veut.

– Et est-ce qu'elle la veut ?

– Je ne lui en ai pas encore parlé. Je voulais t'en toucher un mot avant.

– Ma fille ne travaillera pas pour une chaîne de magasins.

– Ils sont très exigeants.

– Je ne sous-entends pas qu'elle n'est pas assez compétente, ai-je rétorqué. Je dis qu'elle l'est *trop*.

– Ne sois pas ridicule !

– Ma fille, vendeuse ? »

J'étais en colère et ne cherchais pas à le dissimuler.

« Mais grands dieux, pauvre femme, tu as donc perdu toute dignité ?

– Il ne m'en reste pas beaucoup, a-t-elle répliqué d'une petite voix pincée pleine d'assurance, mais je suis prête à sacrifier ce que *j'ai* pour donner à ma fille une chance dans la vie.

– Une chance d'être vendeuse, ai-je ricané.

– Herbert, la question n'est pas là. »

Elle se retourna et s'appuya sur le bord de l'évier.

« Il faut qu'elle apprenne à devenir indépendante.

– Indépendante ?

– Pas complètement, mais en partie, a-t-elle nuancé.

– Ce qu'elle gagnera, si elle gagne quelque chose, ne lui suffira pas à s'acheter des vêtements ou à s'offrir des loisirs.

– C'est sans importance.

– Alors elle va travailler pour *rien*, juste pour le *plaisir* ? Elle va sillonner la ville par tous les temps pour se forger le "caractère" ? C'est ça, l'argument idiot que tu avances ?

– Tu l'as trop gâtée, lâcha-t-elle avec le plus grand sérieux.

– C'est ma fille, ai-je riposté, et tant que je serai en vie, elle n'aura pas à gagner la sienne. Je lui dois bien ça, et je le lui donnerai. Tout ce que je te demande, c'est de lui apprendre à être une bonne ménagère.

– Comme moi ? dit-elle d'une voix pleine d'amertume.

– Tu ne m'as jamais entendu me plaindre de la façon dont tu tiens la maison ou dont tu cuisines. Apprends-lui ça, je me charge du reste. »

* * *

C'était ma fille. Le reste du monde était insignifiant en comparaison. Norah était insignifiante. Même *moi* je l'étais. Seule comptait Jenny et j'entendais bien que ses années d'adolescence soient aussi heureuses que possible.

Elle jouait au tennis, elle faisait de la natation et participait à des fêtes. En hiver, elle allait à des bals et patinait sur l'étang du parc. Ou alors, soigneusement emmitouflée, elle faisait cercle avec ses amis autour d'un feu de bois sur la plage et entonnait des chansons mélancoliques. Elle n'avait nul besoin de travailler, elle était bien trop occupée à *vivre* – et c'était très bien comme ça.

Parfois, pas souvent, mais *parfois*, je quittais mon bureau et j'allais flâner dans les parages de Jenny, là où je savais qu'elle serait. Une fois rendu, je me mettais à l'abri des regards et, sans qu'elle sache que j'étais là, je l'observais. Pas pour l'espionner – je l'avais trop bien éduquée pour que ce soit nécessaire – mais simplement pour jeter un œil et vérifier. M'assurer que, oui, j'avais en vérité créé une jeune fille remarquablement heureuse, qui riait aux éclats et ne connaissait ni peur ni inhibition.

Et lorsque nous étions seuls tous les deux à notre aise dans le bureau, nous n'avions aucun secret l'un pour l'autre. Elle me posait des questions sur tout et n'importe quoi, et je lui répondais. Ou alors nous écoutions de la musique, ou bien nous lisions. Il nous arrivait à l'occasion de nous chamailler, mais sans acrimonie aucune, et même au contraire avec beaucoup d'affection. Étrangement, ces menues querelles semblaient nous rapprocher davantage encore.

Trois merveilleuses années. Je suis certain qu'elles furent idylliques pour Jenny : il était rare qu'elle n'ait pas le sourire.

Des années à jamais inoubliables et plus précieuses que tout, qui me donnaient une raison de vivre.

Puis, moins de deux semaines après son dix-neuvième anniversaire, Jenny fut kidnappée.

INTERLUDE AVEC JENNY

VII

« Voyez-vous, Jenny... »

L'inspecteur-chef sourit en ajoutant :

« Je peux vous appeler Jenny, n'est-ce pas ?

– Bien sûr.

– Je suis ici pour une raison, expliqua-t-il. Une raison que je ne peux vous exposer, du moins pour le moment, mais qui concerne votre père et une histoire qu'il a jugé bon de me raconter.

– Une histoire ? »

La jeune femme semblait perplexe.

« Une espèce de... requête, disons.

– À quel sujet ?

– On verra ça plus tard, éventuellement. Nous avons une certaine confidentialité à respecter. Je peux seulement vous dire que ça inclut l'enlèvement dont vous avez fait l'objet il y a quelques années.

– Ah !

– Ce n'est qu'une *partie* de l'histoire. »

Elle se mordilla les lèvres un instant, puis :

« Je n'aime pas parler de ça. Nous avons essayé d'oublier, de faire comme si rien n'était arrivé. D'un commun accord, nous avons sciemment décidé... Bon, *sciemment* n'est peut-être pas le mot juste, mais sans nous concerter, *implicitement*, nous avons décidé de... Père, Mère et moi n'avons jamais abordé le sujet.

– C'est arrivé quand ? la pressa l'inspecteur-chef.

– Juste après mon dix-neuvième anniversaire. Environ une semaine plus tard. Peut-être un peu plus. »

Elle paraissait avoir du mal à rassembler ses idées.

« Il y a eu cette fête organisée par l'ami d'une connaissance… Une sorte de fête ouverte à tout le monde et n'importe qui. »

L'inspecteur-chef hocha la tête et l'encouragea d'un sourire.

Elle poursuivit :

« Avec quelques amis, on a décidé de s'y inviter. À la fête. Ce… Ce n'était pas une bonne idée. On a débarqué, et je me suis vite aperçue que je ne connaissais absolument personne. Et je ne m'amusais pas *vraiment*. C'était très bruyant et il y avait énormément d'alcool… Beaucoup trop délirant à mon goût.

– Vous ne m'en voulez pas de vous avoir appelée pour vous voir à cette heure tardive ? souffla l'inspecteur-chef d'un air confus.

– Non. Pas du tout. C'est juste que…

– Bien. »

Son sourire avait quelque chose de paternel.

« Vous disiez : la fête ?

– Ce n'était pas une fête très sympa, poursuivit-elle avec un froncement de nez. Tout le monde descendait des cocktails idiots et fumait cigarette sur cigarette. C'est vrai qu'à l'époque les non-fumeurs étaient en minorité, mais là il n'y en avait même pas : *tout le monde* fumait. D'ailleurs je crois que certaines de ces "cigarettes" étaient en fait des pétards – c'est comme ça que ça s'appelait alors. Des pétards. De la marijuana fumée comme une cigarette, mais l'odeur est totalement différente de celle du tabac.

– Je sais, dit l'inspecteur.

– Ce n'est pas… ? »

D'un seul coup, elle parut inquiète.

« Quoi ?

– Père. Ça n'a rien à voir avec la came, si ?

– La came ?

– Les drogues, les substances illégales. Il est pharmacien. Ne me dites pas qu'il a…

– Ça n'a rien à voir avec des substances illégales, la rassura l'inspecteur-chef.

– Vous me le diriez ? Si c'était *ça*, vous me le diriez ?

– Je vous le dirais, déclara solennellement l'inspecteur-chef. Mais revenons à la fête.

– Il était... »

Elle s'humecta les lèvres et enchaîna :

« Il devait être dans les dix heures. D'un seul coup, je me suis sentie mal. Vraiment mal. Je titubais, j'avais le vertige. Ce n'était pas l'alcool. Je n'avais bu que deux de ces cocktails bizarres, donc je n'étais pas ivre, mais bel et bien malade. Et cet homme...

– Quel homme ?

– Eh bien... un homme. Je ne le connaissais pas. Je ne l'avais jamais rencontré. Il était plus âgé que moi, de plusieurs bonnes années. Il avait dû remarquer que j'étais dans un piteux état et il est venu vers moi.

– Il vous a abordée ?

– Oui. Il m'a dit quelque chose du style : "Hé, ma jolie, t'as vraiment l'air mal en point." Oui, je me souviens maintenant, ce sont ses mots exacts : "Hé, ma jolie, t'as vraiment l'air mal en point."

– Et ?

– Je crois que j'ai fait un signe de tête pour dire oui. Je... je ne me rappelle pas lui avoir dit un seul mot. Je me sentais mal, mais je lui ai fait confiance. Il avait l'air d'un type bien, avec une voix agréable et un beau sourire. Je n'avais aucune raison de ne *pas* lui faire confiance. L'atmosphère était irrespirable à l'intérieur, aussi quand il a suggéré de sortir prendre l'air, j'ai trouvé que c'était une bonne idée. »

Pendant un moment, elle resta assise, silencieuse et pensive. Presque triste, comme envahie de souvenirs qu'elle avait longtemps essayé d'oublier.

L'inspecteur-chef attendit.

Elle se remit à parler :

« J'ai trouvé que c'était une bonne idée, alors je l'ai laissé me guider par les portes-fenêtres jusqu'à la pelouse. Le jardin était illuminé par des lampions qui projetaient partout des taches de couleur et d'ombre. Quelqu'un avait placé un haut-parleur à l'extérieur et des gens dansaient sur l'herbe. Beaucoup s'embrassaient à pleine bouche et ça flirtait encore plus dans les fourrés. C'était ce genre de fête. Pas une orgie, ce n'est pas ce que je veux dire. Mais beaucoup de promiscuité et de pelotage. C'était délirant... mais pas *trop*.

– Le genre de fête où vous aviez l'habitude d'aller ? s'enquit aimablement l'inspecteur-chef.

– Mon Dieu, non, répondit-elle en esquissant un sourire. Si j'avais su, je n'y serais jamais allée.

– Le, euh, l'homme, murmura l'inspecteur-chef.

– Je vous demande pardon ?

– Qu'est-ce qui s'est passé ensuite ?

– Ah, ça. »

Elle ménagea une pause avant de poursuivre :

« Il m'a entraînée à l'écart et nous nous sommes assis loin des gens et du bruit. Il n'a rien tenté. Il ne m'a absolument pas touchée. Même pas le bras lorsqu'il m'a guidée dans la pénombre jusqu'à un banc. »

L'inspecteur-chef eut une expression dubitative.

« C'est vrai, insista-t-elle. Il semblait très préoccupé, c'est tout. Plutôt paternel, plutôt gentil. »

L'inspecteur-chef hocha très lentement la tête, apparemment convaincu par le récit de la jeune femme.

« Il s'est assis à côté de moi sur le banc et il m'a demandé si je me sentais mieux. Je ne me rappelle même pas lui avoir répondu. C'est là que je me suis évanouie... ou quelque chose dans ce style. Après ça, je ne me souviens de *rien*.

– Vous vous êtes évanouie ?

– Je, euh, oui, j'ai perdu connaissance.

– Et ensuite c'est le trou noir ?

– Oui, jusqu'à ce que je me réveille dans ce qui m'a semblé être une chambre d'hôpital. Une de ces minuscules chambres à un lit.

– Rien du tout ? »

L'inspecteur-chef plissait légèrement les yeux.

« Pardon ?

– Vous ne vous souvenez de *rien* ?

– Non… de rien.

– Vous ne vous rappelez pas avoir été transportée, rudoyée, ou quoi que ce soit ?

– Non. J'ai été bien traitée. On ne m'a pas frappée, ni injuriée. Personne n'a essayé de me violer. Rien de tout ça. En fait, quand j'ai compris que j'*avais été kidnappée*, je n'arrivais pas à le croire. Ça ne ressemblait vraiment *pas* à un enlèvement.

– Je n'ai jamais été kidnappé, dit en souriant l'inspecteur-chef.

– Je suis désolée. Je ne…

– Donc je n'ai aucune idée de *l'effet* que ça fait.

– Non. Bien sûr que non, répondit-elle en lui retournant son sourire. Quand je me suis réveillée, une infirmière était à mes côtés. C'est tout ce dont je me souviens.

– Pouvez-vous me décrire cette infirmière ?

– C'est… c'était il y a si longtemps…

– Essayez, l'encouragea l'inspecteur-chef.

– Eh bien, je crois… »

Jenny faisait visiblement des efforts de concentration.

« Je crois qu'elle avait à peu près l'âge de Mère, mais elle était beaucoup plus maigre, je dirais même squelettique. Plus intimidante aussi, d'apparence vraiment revêche, mais pas effrayante du tout. Elle portait des lunettes cerclées d'acier qui lui donnaient l'air plus sévère qu'elle ne l'était en réalité. Très mince, le dos très droit, des mains osseuses avec de longs doigts…

– Il n'y avait qu'elle ? lança l'inspecteur-chef tout à trac.

– Pardon ?

– Il n'y avait qu'une infirmière ?

– Non, il y en avait deux autres qui venaient à l'occasion, mais celle que j'ai vue en premier avait l'air d'être l'infirmière principale, la responsable si vous voulez.

– Elles étaient toujours présentes ?

– Oui. Je n'étais jamais seule. Il y avait un fauteuil dans un coin de la chambre, et toujours au minimum une infirmière.

– Vous êtes restée couchée ?

– Oui. Je n'ai pas quitté le lit, sauf pour aller aux toilettes ou dans la salle de bains, adjacentes à la chambre, derrière la porte.

– Et cette porte était toujours ouverte ?

– Bien sûr.

– Bien sûr », répéta pensivement l'inspecteur-chef.

Puis il demanda :

« Comment vous sentiez-vous ? Quand vous avez repris vos esprits, vous aviez l'impression d'être malade ? Des maux de tête, peut-être ?

– Oui, j'étais malade. Ce n'était pas une maladie habituelle – ça, je l'ai compris *depuis* – mais j'étais bel et bien malade. À tous les coups, c'était l'effet des gélules qu'on m'avait données. Une drogue quelconque, je suppose.

– Mais vous étiez *malade* ? insista l'inspecteur-chef.

– Oui.

– Qu'est-ce qui n'allait pas, selon vous ?

– Je ne suis pas sûre. Je ne me suis jamais posé la question. J'ai toujours été en très bonne santé. C'était la première fois de ma vie que j'avais une vraie "maladie", et j'étais vraiment persuadée *d'être* malade. »

Elle s'interrompit brièvement avant de reprendre :

« Vous savez, je n'étais jamais complètement réveillée. Et j'étais trop faible pour arriver à réfléchir correctement.

– Et la nourriture ?

– Dans mon souvenir, je mangeais plutôt bien. Rien de vraiment consistant, évidemment, de la nourriture classique d'hôpital... Mais je n'étais pas *physiquement* malade. Ce n'était pas de cet ordre-là, comme *maladie.* C'était plus dans la tête qu'autre chose, en fait.

– Vous saviez quand même que vous aviez été kidnappée ?

– C'est... c'est difficile à dire. »

Elle cherchait ses mots.

« Bien sûr, j'ai fini par le savoir, mais à ce moment-là... »

De nouveau, elle parut avoir du mal à s'exprimer. L'inspecteur-chef attendit, mais elle semblait incapable de poursuivre.

« Vous avez eu des visites ? Puisque vous ne saviez pas que vous aviez été kidnappée, et comme vous étiez persuadée d'être malade, ça ne vous semblait pas bizarre que vos parents ne viennent pas vous voir ?

– Je, euh, je crois que j'ai réclamé Mère deux ou trois fois. En fait, je suis sûre que j'ai demandé à lui parler. Mais personne ne m'a répondu clairement. Quand *j'étais* lucide, ce qui était rarement le cas, je me demandais où elle était et pourquoi elle ne venait pas me voir, mais comme j'avais l'air d'être entre de bonnes mains, je me consolais en me disant qu'il y avait forcément une explication. »

Comme pour s'excuser, elle ajouta :

« À vrai dire, ça ne me semblait pas très important.

– Concentrez-vous sur vos moments de lucidité. »

Elle acquiesça et attendit.

« Vous ne vous êtes *jamais* demandé où vous étiez ? Vous n'étiez pas *curieuse* de le savoir ?

– Si, bien sûr. Je me souviens... »

Elle appuya le menton sur sa main et son regard se fit vague.

« Je me souviens qu'un jour, un seul, j'ai regardé par la fenêtre. J'étais toujours alitée, mais les vertiges s'étaient un peu dissipés. L'infirmière était dans la chambre, comme d'habitude, mais elle me tournait le dos et j'ai pu voir clairement à travers la partie supérieure de la fenêtre.

« Je ne crois pas qu'on était au rez-de-chaussée. Peut-être au premier étage, pas plus haut que le deuxième en tout cas. C'est l'impression que j'ai eue. Le bas de la fenêtre était opaque et on ne voyait rien à travers, mais le haut ne l'était pas. Et j'ai vu des montagnes au loin.

– Des montagnes ? dit l'inspecteur-chef en se penchant sur sa chaise.

– De *vraies* montagnes. »

Le regard redevint net.

« Avec des sommets couverts de neige. Pas comme celles du Lake District ou d'Écosse ou bien du Snowdonia. Des montagnes comme j'en ai vu seulement sur des cartes postales ou à la télévision dans des documentaires de voyages.

– Et vous ne vous êtes pas posé de questions ? demanda l'inspecteur-chef d'une voix où transparaissait une franche incrédulité. Vous n'étiez pas curieuse de savoir où vous pouviez bien être ?

– J'ai déjà expliqué, répondit-elle sur un ton légèrement agacé. Je ne savais *pas* que j'avais été enlevée. Pas à ce moment-là.

– Ah oui, c'est vrai, j'avais oublié, railla imperceptiblement l'inspecteur-chef tout en hochant la tête avec bienveillance. Mais qu'est-ce que vous avez vu par cette fenêtre ?

– Comme je vous l'ai dit, des montagnes, avec de la neige au sommet.

– C'était quelque part sur le continent ?

– Évidemment. Quand j'ai su ce que…

– Non, l'interrompit l'inspecteur-chef d'un geste de la main. Avant que vous ne *l'appreniez*. Quand vous avez vu les montagnes par la fenêtre. Est-ce que vous vous êtes rendu compte que vous étiez sur le continent ?

– Ça, euh, ça semblait probable, dit-elle en fronçant les sourcils. Oui, oui, je crois l'avoir pensé. Si toutefois j'étais capable de penser quoi que ce soit.

– Et les infirmières ? reprit l'inspecteur-chef. Elles vous ont parlé, bien entendu. Elles ont dit des choses.

– Oui.

– Comment était leur accent ?

– Elle parlaient toutes les trois un très bon anglais.

– Vous voulez dire qu'elles étaient étrangères ?

– Je… »

Elle hésita. Son visage trahissait les efforts qu'elle faisait de nouveau pour se concentrer.

« J'imagine que oui.

– Les Alpes, suggéra l'inspecteur-chef.

– Pardon ?

– Les montagnes que vous avez vues par la fenêtre, c'étaient les Alpes ?

– Possible, admit-elle.

– Les Alpes françaises, suisses, ou bien autrichiennes ?

– Je… je n'en sais vraiment rien.

– Mais les infirmières, elles avaient un accent français ?

– Non, pas français. Plus guttural, je crois. Oui, c'est ça, guttural.

– Autrichien, sourit l'inspecteur-chef. Allons-y pour l'Autriche… pour l'instant. Donc quelque part en Autriche, avec vue sur les Alpes.

– Est-ce que ça aide ? s'enquit la jeune femme d'un air anxieux.

– Pas vraiment. »

L'inspecteur-chef ajouta en riant :

« Disons que ça élimine la Chine.

– Non… Je parlais de Père. Est-ce que ça l'aide, *lui* ?

– Peut-être. »

L'inspecteur-chef se leva.

« En tout cas, ça ne lui fera aucun tort.

– Il a des ennuis, n'est-ce pas ? soupira-t-elle.

– Je ne sais pas encore. »

L'inspecteur-chef lui adressa un sourire paternel.

« Retournez dormir, Jenny. Et ne vous inquiétez pas. *S*'il a des ennuis, vous serez la première à le savoir. »

J'aurais dû informer la police de l'enlèvement. C'est évident. Les policiers sont des professionnels, des experts. Ils savent comment gérer ce genre de situation. On *doit* prévenir la police dans ces moments-là.

Mais je me demande combien ne le font *pas*. Combien d'argent est-il versé en secret ? Combien y a-t-il de gens comme moi ? Combien sont-ils à être effrayés de ce qui pourrait advenir s'ils *informaient* la police ?

La vie de Jenny était mise à prix. Pour dix mille livres, un montant dérisoire. Je n'allais pas risquer sa vie pour *si peu*.

***

Nous avons reçu un appel avant même de nous être rendu compte de la disparition de Jenny. Elle était à une fête, quelque part. C'est du moins ce que *nous* pensions. Norah a décroché puis est venue me prévenir que quelqu'un voulait me parler. Plus tard, elle m'a dit que l'appel provenait d'une cabine. Quand nous avons compris ce qui se passait, quand nous en avons discuté, elle m'a dit qu'elle avait entendu le bruit des pièces insérées dans l'appareil.

Quelque chose avait été placé devant le micro du combiné. Un mouchoir, j'imagine. *Quelque chose*, en tout cas. C'était une voix d'homme, mais étouffée.

Il a dit :

« Ne pensez même pas une seconde à aller trouver la police, sinon vous ne reverrez jamais votre fille vivante. »

Il a commencé par cet avertissement. J'ai essayé de poser des questions, mais il ne voulait rien entendre.

« Nous avons votre fille, a-t-il dit. Elle vous reviendra saine et sauve si vous suivez nos instructions. Procurez-vous dix mille livres en billets usagés de cinq et de dix. Prenez-les à la banque. Tenez-vous prêt. Je vous contacterai dans les prochaines quarante-huit heures. »

Puis il a raccroché.

Au début, nous n'avons pas compris. Nous n'arrivions même pas à y *croire*. Nous avons contacté les amis de Jenny, qui ne nous ont été d'aucun secours. Elle était bien allée avec eux à cette fête, mais elle n'y était plus à leur départ. C'est tout ce qu'ils ont pu nous dire. Ils pensaient qu'elle était repartie par ses propres moyens. Peut-être avec quelqu'un qu'elle avait rencontré, mais ils ne l'avaient vue avec personne.

C'est là que nous avons compris que le coup de fil était sérieux, que ce n'était pas un canular de mauvais goût. Alors, très progressivement, la réalité s'est imposée à nous, tout au long de la nuit blanche que nous avons dû traverser.

Au matin, nous étions tous deux en piteux état, mais nous savions qu'il nous fallait agir aussi normalement que possible. Nous n'avons pas osé alerter la police, ni même signaler la disparition.

Les deux journées qui ont suivi ont été atroces, au-delà de toute description. C'était – je ne sais pas comment le formuler – comme être un nageur accompli au beau milieu de l'Atlantique. Vous pouvez survivre et vous le devez, mais vous n'en avez aucune *envie* parce que la situation vous semble complètement désespérée. Quoi que vous puissiez faire ou tenter, il est impossible de *réussir* seul.

J'ai retiré l'argent à la banque. En billets de cinq et de dix, comme l'avait demandé l'homme. Je les ai rassemblés en liasses de cinq cents livres que j'ai enfermées dans un tiroir de mon bureau avant de fermer ma porte à clé. Je n'avais aucune envie d'aller travailler, mais nous avions convenu qu'il le *fallait*, afin de ne pas attirer l'attention. Norah stationnait auprès du téléphone toute la journée et la nuit, on se relayait pour dormir. L'un de nous deux restait assis dans le fauteuil à côté du téléphone au cas où il sonnerait.

Rétrospectivement, je suis certain d'avoir été surveillé d'une manière ou d'une autre. Il ne peut en être autrement, vu que je n'étais ni à la maison ni au travail lorsqu'on a appelé.

C'était le deuxième jour à midi. J'avais quitté la pharmacie pour prendre un repas rapide dans un pub. Je me souviens que je me forçais à avaler une salade au fromage quand le patron m'a interpellé de l'autre bout du bar et m'a tendu le combiné du téléphone.

C'était la même voix brutale et étouffée. Avec des instructions très précises.

« Votre femme va amener l'argent. Elle viendra seule. L'argent devra être dans un sac en tartan fermé sur le dessus par une fermeture éclair. Elle ira en voiture jusqu'à Douvres où elle prendra le ferry du soir pour Calais. Le sac devra être à côté d'elle sur le siège passager avant. Faites correctement les choses et vous reverrez votre fille. »

J'ai procédé exactement selon les instructions. J'ai fait plusieurs magasins avant de trouver le sac requis. J'ai mis l'argent dedans, Norah a réuni ses affaires personnelles et elle est partie pour Douvres le soir même.

***

Ah, les deux jours qui ont suivi !

En quelques heures j'ai découvert la haine, et presque la folie. Je ne sais plus combien de fois j'ai failli appeler la police – au moins à quatre reprises. Je n'avais plus *personne*. Pas même Norah.

Le premier jour après son départ, je suis allé à la pharmacie et j'ai essayé de travailler. C'était impossible. J'étais incapable de me concentrer. J'aurais facilement pu me tromper dans les doses prescrites, aussi ai-je décidé de fermer boutique à la mi-journée et de rentrer chez moi attendre les nouvelles.

Ensuite, j'ai passé mon temps à faire les cent pas dans la maison et à boire du café noir.

Je suis quelqu'un de propre et ordonné. Il m'a même été reproché d'être maniaque. Pourtant, j'ai passé deux jours sans me laver ni me raser. Je n'ai même pas eu la présence d'esprit de me changer pour enfiler quelque chose de plus confortable que des chaussures et un gilet. Voilà l'état dans lequel j'étais.

Norah m'a téléphoné le troisième jour.

Elle avait remis l'argent et appelait d'un hôtel en Suisse. Je lui ai posé l'évidente question :

« Est-ce que Jenny est avec toi ?

– Oui.

– Passe-la-moi.

– Elle est dans sa chambre, en train de récupérer.

– Récupérer ?

– Son état s'améliore d'heure en heure.

– Qu'est-ce qu'ils lui ont *fait* ?

– Ils l'ont droguée.

– Mon Dieu !

– Elle est restée sous l'influence de la drogue presque tout le temps.

– Pour l'amour de Dieu, ramène-la à la maison.

– Ne sois pas idiot, Herbert. Elle va s'en sortir.

– *Ramène-la à la maison.*

– Elle n'est pas en état de voyager.

– Par avion. Revenez par avion. Qu'on la mette dans un hôpital.

– Ne sois pas ridicule. Elle ne peut pas voyager seule.

– Mais tu es avec elle. Bon sang, qu'est-ce que tu…

– J'ai la voiture, tu ne te rappelles pas ?

– Ah !

– *A priori*, elle sera rétablie dans moins d'une semaine. Je t'appellerai tous les jours. »

***

En fait, elles sont restées là-bas toute la semaine. Norah téléphonait chaque soir et répétait que Jenny recouvrait la santé, mais tout doucement. Quoi qu'il en soit, c'était rassurant. Je me suis peu à peu remis de mes émotions et j'étais de retour au travail avant qu'elles ne reviennent.

***

À son retour, Jenny n'était plus la même. Elle qui avait été si gaie et animée, l'incarnation même de la joie de vivre, affichait désormais un visage livide et sans éclat. Elle souriait rarement, ne parlait que lorsqu'on s'adressait à elle et passait le plus clair de son temps seule dans sa chambre.

Norah l'a bien emmenée chez notre médecin, mais c'était peine perdue. Jenny n'a jamais retrouvé la joyeuse insouciance qui l'avait caractérisée. Quelque chose en elle s'était éteint là où on l'avait retenue prisonnière – en Suisse ou ailleurs. J'ai essayé du mieux que j'ai pu de lui rendre son élan vital, mais tous mes efforts ont été vains.

***

Norah n'a jamais voulu me raconter les détails de son voyage. À peine ai-je su qu'un homme l'avait abordée sur le ferry pour Calais, qu'il avait pris la voiture et conduit quasiment sans s'arrêter jusqu'aux environs de Gargellen. Là, il avait compté l'argent, puis une ambulance était arrivée. Jenny en avait été extraite, inconsciente, et placée dans la voiture.

C'est, semble-t-il, la dernière chose que Norah a vue d'eux.

Elles n'étaient pas loin de la frontière suisse, aussi, quand Jenny est revenue à elle, Norah l'a-t-elle conduite jusqu'à un petit hôtel près de Weesen où elle a pris deux chambres. C'est de là qu'elle m'a ensuite téléphoné.

Elle a refusé de me donner de plus amples détails. J'ai eu l'impression qu'on lui avait conseillé d'en dire le moins possible. Je suppose qu'elle avait peur. Ce qui a pu arriver une fois peut se reproduire.

J'ai respecté sa décision.

Jenny était de retour et c'est tout ce qui comptait.

***

Puis, bien sûr, environ une année plus tard, Jenny a rencontré Walter. Ils ont commencé à se voir régulièrement. Finalement ils se sont mariés.

SUITE DE L'INTERROGATOIRE

VIII

« Kidnappée ? »

L'inspecteur-chef émit un bruit de succion, l'air pensif.

« Ce n'est pas très malin. De ne pas alerter la police, je veux dire.

– Vous avez un enfant ?

– Non.

– Alors vous ne pouvez *absolument* pas comprendre.

– J'entends bien, nota l'inspecteur-chef sur un ton morose. Mais n'attendez quand même pas que *j'approuve.*

– Pas officiellement, concéda l'homme.

– J'ai parlé à votre fille, murmura l'inspecteur-chef.

– Quoi ? »

L'homme sursauta presque.

« Dès que vous avez mentionné l'enlèvement, précisa l'inspecteur-chef en souriant. Je ne suis pas sorti chercher des cigarettes. C'était une astuce, désolé de vous le dire. Je garde toujours un ou deux paquets en réserve dans un tiroir de mon bureau. »

L'homme parut contrarié. Il lança :

« Vous m'avez dit que vous deviez...

– Et *vous* me dites que vous avez empoisonné votre femme, l'ami. »

L'inspecteur-chef avait cessé de sourire.

« Après avoir entendu une histoire aussi farfelue, il fallait que je vérifie un *truc,* le plus vite possible.

– Et ?

– C'est fait, ce truc *a été vérifié.*

– Quoi ?

– L'enlèvement. Son histoire colle avec la vôtre.

– Vous pensiez que ce ne serait pas le cas ?

– Je vais vous dire ce que *je* pense, répondit l'inspecteur-chef sur un ton affable. Je pense qu'à *votre* place, j'aurais posé plus de questions.

– À Jenny ? À ma femme ?

– À *tout le monde.* Prenons cette fête mystérieuse, où votre fille a été enlevée : ça se passait où ?

– Je n'en sais rien.

– Vous n'avez pas demandé ?

– Non.

– Pourquoi ?

– Parce que ça aurait pu mettre la vie de Jenny en danger.

– *Après* qu'elle est rentrée saine et sauve à la maison ?

– C'est tellement facile de refaire l'histoire après coup, inspecteur-chef, lança l'homme sur un ton doucereux.

– Moins de deux semaines après son enlèvement ?

– Je m'inquiétais encore pour sa sécurité. Pendant des mois, des années même, je suis resté pétrifié à l'idée qu'elle puisse de nouveau être enlevée.

– Ou à l'idée que *vous* risquiez d'avoir des ennuis pour n'avoir pas prévenu la police ? suggéra l'inspecteur-chef.

– Ça a pu également jouer un rôle, concéda l'homme.

– Avez-vous interrogé Jenny ?

– Quoi ?

– À propos de cette fête funeste ? Où elle pouvait bien se dérouler ? Qui y participait ?

– Non. Nous avons totalement fait l'impasse sur cette partie de sa vie, comme si rien n'était jamais arrivé. C'était apparemment la meilleure solution.

– La meilleure solution ?

– Oui, pour Jenny. Pour l'aider à oublier et à surmonter.

– Elle était traumatisée ?

– Bien sûr qu'elle était traumatisée, répondit l'homme, scandalisé. Elle avait été kidnappée. Elle avait été…

– Elle n'avait pas *l'air* traumatisée outre mesure, l'interrompit l'inspecteur-chef.

– Quand ?

– Quand je l'ai interrogée tout à l'heure. Elle n'était pas spécialement causante, mais certainement pas *traumatisée.*

– Évidemment, c'est loin maintenant.

– Évidemment.

– Elle arrive à en parler.

– Mais a-t-elle un jour été *encouragée* à le faire ?

– Non. »

La réponse de l'homme trahissait l'embarras plutôt qu'une volonté d'éluder. Il poursuivit :

« Vous savez, c'est devenu en quelque sorte une habitude de ne jamais aborder le sujet.

– Une bien mauvaise habitude, songea tout haut l'inspecteur-chef.

– À l'époque, on a pensé que c'était la meilleure chose à faire.

– Reste que c'était un bien mauvais calcul… comme tuer votre femme. »

Si Jenny n'avait pas été sotte au point d'épouser ce Walter, Norah serait peut-être toujours en vie. Avec ma fille comme intangible planche de salut, je n'aurais sans doute pas eu à empoisonner ma femme.

Comprenez-moi bien. Je ne cherche aucune excuse, ni à esquiver mes responsabilités. J'avance simplement cette absolue certitude : avec Jenny, et plus particulièrement avec la *vraie* Jenny, j'aurais pu continuer à supporter ma femme jusqu'au bout.

Et Jenny, sans nul doute, *était* en voie de guérison.

Elle redevenait celle que j'avais connue avant le kidnapping. Elle s'était remise à sourire spontanément. Elle était moins pâle et recommença à venir me voir dans mon bureau. Rien que nous deux, retrouvant un peu de cette chaleur complice que je chérissais tant.

Elle a même repris ses activités avec ses amis. Elle ne sortait plus aussi souvent qu'avant, et ne rentrait jamais très tard. Elle avait mon plein accord, à la condition expresse de ne jamais s'éloigner d'au moins une personne de confiance.

***

L'enlèvement de Jenny a eu un étrange effet boomerang sur mon mariage.

Pendant les quelques jours où nous attendions des nouvelles, Norah et moi nous sommes beaucoup rapprochés. Ce n'était pas une renaissance amoureuse, rien d'aussi fort ou spectaculaire, mais durant cette période, nous pouvions discuter sans nous écharper. Nous nous *parlions* réellement.

Ceci résultait, je suppose, de l'inquiétude que nous partagions.

Mais peu après le retour de Norah et Jenny, l'atmosphère s'est réfrigérée, jusqu'à atteindre d'inédites températures polaires. Nous échangions encore moins que deux inconnus dans la rue. Nous faisions exactement comme si l'autre n'existait pas.

La maison était bien tenue. Le linge et le ménage étaient impeccables. Un repas m'attendait tous les soirs quand je rentrais, mais nous n'avions plus aucun contact ni intérêt l'un pour l'autre.

Bientôt, les réunions d'associations féminines n'ont plus suffi à Norah, qui s'est tournée vers le théâtre amateur. Pas pour jouer, mais pour s'occuper de lever ou baisser le rideau, allumer ou éteindre les lumières, bref, pour devenir un des larbins à tout faire du spectacle.

Tout était bon pour s'absenter de la maison, pour ne pas y être quand *moi* je m'y trouvais.

Au bout d'un moment, rester des jours entiers sans s'adresser la parole est devenu la norme. Nous n'étions même plus conscients de l'existence de l'autre.

Ça ne me posait aucun problème.

J'avais mon propre monde, qui s'étendait de la pharmacie à mon bureau. C'était largement suffisant à mon goût. J'avais mes timbres, mes livres, ma musique et, plus important que tout, j'avais Jenny. Je n'avais *besoin* de personne d'autre.

Presque timidement au début, puis avec de plus en plus d'assurance, elle m'est revenue. Elle m'a d'abord rendu visite dans le bureau. Par la suite, Norah étant de plus en plus occupée à l'extérieur, nous avons eu la maison entière à notre disposition : la cuisine pour nous délecter de chocolats chauds, le confortable salon pour regarder les émissions télévisées de notre choix.

J'étais tellement sûr que tout était parfait, que nous n'avions besoin de personne d'autre.

Je me trompais complètement !

***

L'homme, Walter, était représentant, un « voyageur de commerce ». Du genre beau parleur, il avait réussi à prendre la place d'un de ses collègues habituels et s'était présenté à la pharmacie un après-midi pour essayer de remplir ses carnets de commandes.

Il n'était même pas *jeune*. Il avait quinze ans de plus que Jenny, et il était divorcé. Bien sûr, Jenny a affirmé que c'était *lui* qui avait voulu divorcer et qu'il n'était pas le fautif, mais la « victime ». Ça ne faisait aucune différence à mes yeux. Il était de seconde main, du matériel d'exposition soldé. Il n'avait même pas été capable de faire durer *un seul* mariage.

Je ne savais rien de tout cela, bien sûr. Pas quand il est venu la première fois à la pharmacie. Je ne l'ai appris que plus tard. Tout ce que je savais ce premier jour, c'est qu'il était nouveau dans son boulot et qu'il manquait d'assurance, mais représentait une société fabriquant des produits de toilette qui se vendaient bien. Et il me fallait regarnir mes présentoirs, donc endurer sa présence.

Il était dans la pharmacie depuis moins d'une demi-heure quand Jenny est arrivée. Elle a patiemment attendu que j'en aie terminé avec mes commandes, puis, comme le veut l'usage, j'ai invité le représentant, ce Walter, à prendre une tasse de thé pendant qu'il remplissait ses papiers. Ça m'a paru comme allant de soi de convier Jenny à nous rejoindre dans le petit bureau situé à l'arrière de l'établissement.

L'employée a apporté le thé, et les bonnes manières m'ont conduit à faire les présentations.

« Voici ma fille, Jenny.

– Enchanté de vous rencontrer, mademoiselle.

– Jenny, a-t-elle souri.

– Je m'appelle Walter. »

Je me suis empressé d'expliquer :

« Ce monsieur a remplacé l'un des représentants.

– Il a été muté dans un autre secteur. »

C'était une précision inutile, que le dénommé Walter apportait comme si c'était aussi crucial que passionnant.

« D'où êtes-*vous* ? a demandé Jenny.

– Du Lincolnshire. D'un petit bourg appelé Horncastle. »

J'ai été plus que surpris – et pas qu'un peu agacé – de voir Jenny montrer beaucoup d'intérêt pour ses histoires. Ont suivi moult anecdotes sur les gens du Lincolnshire, le braconnage et la betterave à sucre.

« Et le Five Bomber Group, a-t-il poursuivi avec ferveur. Le coin était connu pendant la guerre comme le comté des Bombardiers. Il y avait des Lancaster partout.

– C'était bien avant vous, lui ai-je fait remarquer.

– Mais ça a dû être passionnant, a dit Jenny, le regard brillant.

– Mon père a volé avec le Five Group, s'est-il glorifié. C'est comme ça qu'il a rencontré ma mère. Ils se sont établis dans le Lincolnshire après la guerre. »

J'ai dû les laisser pour préparer des ordonnances, non sans appréhension. Il était venu me vendre du savon et du talc, ce qui à mon sens résumait fidèlement sa valeur intrinsèque.

***

Ce soir-là, Jenny est sortie avec « un » ami. Au singulier : un seul, et non « plusieurs » amis. Sur le coup, je n'y ai guère prêté attention.

Cette petite supercherie m'a fait beaucoup de mal. Elle savait forcément que j'aurais désapprouvé, moyennant quoi elle a sciemment choisi de me laisser dans l'ignorance.

Néanmoins, lorsqu'une fois rentrée elle est passée me voir dans mon bureau, je lui ai demandé, par pur intérêt paternel, comment s'était déroulée sa soirée.

« Formidable. »

Elle affichait un enthousiasme que je ne lui avais pas connu depuis son enlèvement, et ça m'a fait plaisir. Elle a ajouté :

« Nous avons passé un super moment, Papa. Et nous avons prévu de nous revoir mardi soir.

– Nous ?

– Oui, nous deux. Walter et moi.

– Je le connais ? » ai-je demandé en souriant.

J'étais si naïf que, sur le moment, je n'ai pas fait le lien.

« Bien sûr. Tu nous as présentés cet après-midi.

– Ah, tu veux dire… »

J'étais au bord de l'asphyxie.

« On est allés voir *Paris, Texas.*

– Paris où ?

– *Paris, Texas.* C'est un film superbe. Ça raconte l'histoire d'un homme qui a perdu la mémoire, et…

– Avec ce représentant ! Ce *voyageur* de commerce !

– Papa, ne sois pas si prétentieux. »

J'ai pris le journal et l'ai rapidement feuilleté.

« Je ne le vois pas annoncé. Le film que tu dis avoir vu, je ne le vois nulle part…

– C'était à la Film Society, à Preston.

– *Preston !*

– C'est là qu'il était projeté. »

Elle m'a regardé comme si elle était incapable de comprendre pourquoi j'étais mécontent.

« Ce n'est pas le genre de film qu'on peut voir dans une salle classique. C'est très *particulier.* Donc on est allés là-bas, et sur le chemin du retour on s'est arrêtés pour boire un verre et manger un morceau dans un pub de campagne.

– Avec ce "Walter" ? me suis-je étranglé.

– Bien sûr.

– Bon Dieu, mon enfant, ai-je explosé, tu ne *connais* pas cette personne.

– Je ne suis pas une enfant », a-t-elle rétorqué, vexée.

Pour la première fois de sa vie, elle s'opposait frontalement à moi.

« Tu me l'as tellement répété que je n'ai aucun doute là-dessus.

– Tu es *mon* enfant. »

Je luttais pour garder mon sang-froid. Me disputer avec elle était la dernière chose que je souhaitais.

« Aussi longtemps que je vivrai et quel que soit ton âge, tu seras toujours *mon* enfant.

– J'ai passé une soirée formidable, a-t-elle lancé d'un air de défi. Et maintenant tu viens tout gâcher.

– Tu ne *connais* pas cet homme, ai-je répété.

– Je sais que c'est quelqu'un de bien. Il est gentil et attentionné. Il ne ressemble pas du tout aux gens que je fréquente habituellement.

– Évidemment, il est plus vieux qu'eux, ai-je grincé.

– Toi aussi, tu es plus vieux.

– Et bien sûr, il est marié... Et ne me dis pas que *je* suis marié.

– Il est divorcé, si tu veux vraiment savoir.

– Oui, je "veux" savoir. Il a des enfants ?

– Pas d'enfants... si ça a une quelconque importance.

– Ça n'en a pas ?

– Pas pour moi. Il a divorcé parce que ça n'allait pas avec sa femme.

– Elle ne le "comprenait" pas ? ai-je ironisé.

– C'est à peu près ça.

– Grands dieux !

– Qu'est-ce que tu veux *dire* par là ?

– Cette technique de séduction par l'apitoiement était déjà démodée à *mon* époque.

– Donc il n'y a jamais de conflits dans les couples ?

– Tout ce que je veux dire, c'est...

– Et Maman, elle *te* "comprend" ? s'est-elle emportée violemment.

– Ce n'est pas exactement la même chose...

– Est-ce que *tu* n'aimerais pas ne *l'*avoir jamais rencontrée ?

– Jenny, je ne te permets pas...

– N'essaye pas de *m*'embobiner, d'accord ? J'ai passé toute ma vie ici… comme tu sais. Alors, s'il y a bien quelqu'un que tu ne peux pas berner, c'est *moi.* »

Sur quoi elle a quitté la pièce, l'air outragé. J'en suis resté sans voix, mais je n'aurais de toute façon pas eu d'argument valable à lui opposer.

***

Je suis resté seul avec mes regrets. Si seulement j'avais réussi un mariage exemplaire ; si seulement je pouvais convaincre Jenny que des individus comme ce Walter ne lui convenaient en rien ; si seulement je trouvais le moyen de lui montrer combien elle comptait à mes yeux et combien ma vie serait vide si elle venait à s'éloigner de moi.

La liste de mes regrets était si longue que ça m'a effrayé.

***

Dire que j'ai alors connu un accablement durable serait un euphémisme. La peur ne me quittait plus. Jenny était partie intégrante de mon petit monde. En fait, elle était la seule à y avoir jamais été invitée.

J'avais une horrible prémonition, voyez-vous. Le sombre pressentiment d'une catastrophe imminente.

C'était bien au-delà de l'inquiétude d'un père qui voit sa fille s'intéresser à un autre homme, au-delà du réflexe paternel classique consistant à croire qu'aucun homme n'est *vraiment* assez bien pour *elle.* C'était beaucoup plus que ça.

Je savais de quoi cet homme était fait. Je connaissais ce genre d'énergumène. J'en voyais toutes les semaines à la pharmacie. Je savais *parfaitement* ce qu'il était.

Il n'avait aucune espèce d'avenir. C'était un imbécile, soumis aux caprices et aux exigences des commerçants, un marchand ambulant plaçant ses pommades et ses embellisseurs. Un olibrius dépendant de la bonne fortune, ou pas, du marketing. Pathétique et guère fiable. Un misérable colporteur de balivernes.

Les années passant, j'avais appris à connaître ces « représentants ». J'avais rencontré quantité de spécimens, et j'en savais beaucoup à leur sujet.

Ils transportent avec eux tout un arsenal de blagues grivoises alors même qu'ils en sont souvent l'objet. Ils ont la réputation qu'ils méritent. Ils se vendent au porte-à-porte, comme ils le font avec leurs produits. C'est la base de tout voyageur de commerce. « D'abord, sache te placer. »

C'est ce dont Jenny a fait les frais. Un homme trop vieux pour être son mari a usé des ficelles de son métier pour se « placer » auprès d'*elle*.

Il a attendu que je m'absente pour lui soutirer un rendez-vous. Il l'a embarquée au cinéma à des kilomètres de Rogate-on-Sands. Il a utilisé une « technique de vente » en lui serinant qu'il était certes divorcé, mais « innocent ».

Pour résumer, il l'a dupée, et pire encore, il a si bien réussi son coup qu'elle en est venue à rejeter les conseils du seul homme qui plaçait *son* bonheur au-dessus de tout.

***

C'est Norah qui m'a appris qu'ils allaient se marier.

Norah ! Jenny, *ma* Jenny, était désormais braquée contre moi. Voilà à quel *point* l'homme dont elle s'était entichée l'avait métamorphosée. Elle n'osait même pas me faire part de la décision la plus importante de sa vie.

« Elle a droit au bonheur, a dit Norah.

– Elle ne sera pas heureuse avec lui. »

Notre propre vie conjugale se réduisait alors à quelques rares considérations de première nécessité ; toute « conversation » véritable avait cessé depuis longtemps. Une bonne moitié de ma vie se déroulait dans la solitude de mon bureau, tandis que Norah passait l'essentiel de son temps *dehors*. Nous avions porté sur le pinacle l'art de vivre ensemble sous le même toit sans presque jamais se croiser.

Nous avons pourtant recommencé à nous adresser la parole. On s'est même remis à se quereller plus ou moins âprement. Notre fille était notre champ de bataille et, comme tout couple marié qui s'affronte, on ne faisait pas de quartier.

« C'est à *toi* qu'elle l'a dit, me suis-je un jour emporté. Ce clown qu'elle prétend aimer l'a changée. Il l'a rendue fourbe et cachottière. Au lieu de venir m'en parler, elle a pensé que c'était mieux de *te* le dire !

– Tu n'oublierais pas quelque chose ? a-t-elle demandé, glaciale.

– Quoi ?

– Je suis sa mère. Si elle n'en parle pas à sa mère, à qui d'autre ?

– Bon Dieu, je suis proche d'elle. Je l'ai toujours été.

– Apparemment pas autant que tu le pensais, a-t-elle remarqué avec un petit sourire de triomphe meurtrier.

– Plus proche que *toi*.

– Il semblerait que non.

– J'étais le plus en droit de savoir. »

C'est alors que Norah avait lancé :

« *Elle* a droit au bonheur. »

L'assurance avec laquelle elle a dit ça m'a crucifié. Nous étions dans la cuisine. À mon retour du travail, j'avais été surpris de la trouver à la maison. Elle m'a laissé prendre mon repas seul mais dès que j'ai eu fini, elle est venue m'apprendre la nouvelle.

Et voilà qu'elle me faisait cette remarque insensée.

Je l'ai fixée, interloqué. Je ne pouvais pas croire qu'elle parlait sérieusement.

J'ai presque hurlé :

« Elle ne sera pas heureuse avec *lui*.

– Tu penses que non ?

– Le bonheur ! me suis-je étranglé. Tu crois que le péquenaud débile avec qui elle s'est liée d'amitié va lui apporter le bonheur ?

– C'est plus que de l'"amitié".

– C'est encore pire.

– Herbert... » Derrière son implacable maîtrise de soi flottait peut-être une certaine tristesse. « Comment pourrions-*nous* donner l'exemple concernant le *bonheur* ? »

***

Il y eut beaucoup d'autres échanges du même acabit. J'avais cru que Norah ne pourrait jamais m'atteindre, et vice versa. Je m'étais trompé. Avec Jenny comme alibi, nous parvenions à nous déchirer aussi férocement que par le passé.

Nous avons fini par arrêter, à court d'insultes. Tels deux lutteurs à bout de souffle s'étant battus jusqu'à l'épuisement, nous avions récolté des cicatrices qui nous marqueraient à vie.

Elle a tourné les talons et quitté la cuisine. Je me suis levé de table et j'ai lentement regagné le sanctuaire qu'était mon bureau.

***

Je ne suis pas allé au mariage.

Je n'ai pas cherché à me disculper. Je ne voyais aucune raison de pardonner *ou* d'oublier, et quand bien même j'aurais été tenté de me raviser à la dernière minute, il n'en était pas question du fait de la dispute avec Norah.

J'ai contacté les employeurs de ce gendre dont je ne voulais pas. Je leur ai dit que j'annulais toutes mes commandes et que je ne souhaitais plus voir un seul de leurs représentants dans ma pharmacie. Je n'ai donné aucun motif : ce n'étaient pas leurs affaires. En vérité, je voulais faire capoter ce mariage le plus rapidement possible. Je voulais que Jenny revienne à la raison.

Perfide ? Vindicatif ? Revanchard ?

Tels sont, je le sais, les jugements qu'on portera à mon égard. Et je pourrais le comprendre, n'étaient les circonstances qui ont mené à ce mariage. Mais il est *impossible* de ne pas tenir compte du contexte.

J'ai trop aimé Jenny, et trop longtemps. Je lui ai trop donné de moi-même pour rester sans rien faire quand un autre homme est venu me l'enlever.

Je voulais qu'elle revienne, et pour ça j'étais prêt à tout – vraiment *à tout*.

IX

Par expérience, l'inspecteur-chef savait qu'écouter pouvait se révéler particulièrement épuisant. *Écouter* vraiment. Saisir chaque mot, chaque intonation et chaque inflexion de voix, afin d'accéder au sens des paroles. Non pas ce que la personne énonce, ni même ce qu'elle *pense* avoir dit, mais ce qu'elle a *vraiment* dit.

« Il y a des incohérences », observa-t-il en réprimant un bâillement et en regardant sa montre.

L'aube approchait à grands pas. Il desserra sa cravate et ajouta :

« Certains éléments ne collent pas.

– Dans ce que j'ai dit ? s'enquit l'homme, l'air sincèrement surpris.

– Dans votre histoire, répondit l'inspecteur-chef en se grattant la barbe naissant à un coin du menton. Dans la façon dont vous l'avez racontée.

– Il ne devrait pas y en avoir. C'est la vérité.

– Votre vérité. »

L'inspecteur-chef s'armait de patience. Il se passa la main sur le front comme s'il voulait empêcher la fatigue de brouiller son regard. Puis, avec un sourire :

« Au mieux, c'est la vérité comme vous la voyez. Ou comme vous voulez *me* la faire voir.

– Il n'y a qu'une seule "vérité", protesta l'homme.

– Mon cher ami, soupira l'inspecteur-chef, la vérité n'existe pas, seules comptent nos convictions personnelles quant à tel ou tel fait.

– Le soleil se lèvera demain, dit l'homme en souriant. Ça, c'est une vérité indéniable.

– *Votre* soleil, corrigea l'inspecteur-chef.

– Je ne vous suis pas.

– Si vous n'êtes pas là pour le voir, il ne se lèvera pas pour vous.

– Là, vous cherchez la petite bête ! dit l'homme qui riait désormais.

– Un beau matin, le soleil ne s'est pas levé pour votre femme, persista l'inspecteur-chef. Et il ne se lèvera plus jamais pour elle.

– Mais *le* soleil ?

– Et maintenant, qui cherche la petite bête ? »

L'inspecteur-chef se pencha et posa un avant-bras sur la table. Puis, très solennellement, il déclara :

« Vous êtes allé trop loin. Vous en avez trop dit.

– J'ai dit la vérité, lâcha l'homme sur le même ton.

– Alors je vais écouter le reste. »

C'était une invitation cordiale proférée sans menace aucune.

« Je suis payé pour ça, l'ami. Et je suis plutôt bon dans ce domaine. Vous parlez, j'écoute. Puis on fera une pause et peut-être qu'on grignotera un morceau. Je prendrai ma décision ensuite. Et nous verrons si *votre* vérité s'accorde avec la *mienne*. »

C'était sans doute le stress du mariage et de ses préparatifs. Les femmes accordent tant d'importance à ces choses. Peut-être aussi que mon refus d'y assister a renforcé la pression. J'admets volontiers que je ne suis pas blanc comme neige.

Dans le même temps, Norah avait encore accru ses activités au sein de ses diverses associations féminines. Ses journées n'en finissaient pas et elle s'investissait toujours davantage.

D'un autre côté, ce genre de choses arrive souvent sans qu'un docteur puisse en déterminer la cause exacte.

Quoi qu'il en soit, Norah a subi deux crises cardiaques en un an.

Toutes deux étaient bénignes. Je crois qu'elle avait peur mais, et c'est à porter à son crédit, elle affichait un calme olympien les deux fois où je lui ai rendu visite en soins intensifs. Bien sûr, elle était livide et avait les cheveux en bataille. Entourée de tuyaux et autres appareillages médicaux, elle semblait indubitablement pire qu'elle n'était en réalité.

Dans les deux cas, elle a passé quarante-huit heures en réanimation et était de retour à la maison en moins de quinze jours.

Par la suite, son médecin traitant appelait deux fois par semaine pour s'assurer qu'elle menait désormais et jusqu'à nouvel ordre une vie plus tranquille. Jenny venait la voir pendant la journée quand j'étais à la pharmacie et s'occupait de la maison. Elle me préparait à dîner mais s'arrangeait pour ne jamais me croiser. Les vœux conjugaux exigeaient que je m'occupe le mieux possible de Norah quand j'étais à la maison, mais je crois qu'elle ne supportait aucune initiative de ma part. Honnêtement, je n'en ai pas pris beaucoup. Quand elle ne tenait pas debout, je l'aidais à se déshabiller ou à prendre son bain, mais ce n'était pas par amour. C'était ce qu'on ferait pour un oiseau blessé : lui donner à boire et à manger, et attendre qu'il ait regagné assez de forces pour se débrouiller tout seul.

Si c'est de la compassion, alors j'ai montré de la compassion. Mais je crois que j'en aurais fait autant pour n'importe qui.

À y repenser, nous avons vécu une bien étrange vie pendant deux ans – quelque chose d'inimaginable, même pour nous.

Je continuais à dormir dans mes quartiers mais, quand elle était au plus mal, je laissais les portes de communication ouvertes au cas où elle aurait besoin d'aide. Ce n'était pas idéal mais c'était le moins que je puisse faire.

Des amies lui rendaient visite pendant la journée et repartaient avant mon retour. Après chacun des infarctus, Norah a repris progressivement des forces, si bien que ces mêmes amies ont fini par venir la chercher pour qu'elle participe à leurs diverses activités. Elles la reconduisaient ensuite à la maison et, si j'étais occupé à me restaurer frugalement dans les parties communes, il arrivait que nous échangions quelques mots.

En filigrane, on me faisait comprendre que Jenny et moi devrions aplanir nos différends, l'homme qu'elle avait épousé se révélant un bon mari contrairement à ce que j'avais pu dire. Je précise qu'il ne s'agissait que de vagues allusions, moyennant quoi je les ai ignorées.

Je voulais que Jenny revienne chez elle. C'est l'évidence même ! Mais elle avait pris une décision stupide, alors c'était à *elle*, et non à Norah, de faire le premier pas et d'admettre ses torts.

Pendant ce temps-là, le médecin veillait attentivement au rétablissement de Norah, qu'il venait voir tous les dix jours environ. Nous le connaissions depuis des années et il semblait inquiet. J'imagine qu'il avait ses raisons. Les problèmes cardiaques, même s'ils ne sont plus aussi meurtriers qu'auparavant, sont rarement isolés, et *peuvent* être fatals. Au mieux, ils rendent difficile la vie du malade et de ceux qui s'en occupent.

***

Ce qui me ramène au jour où on m'a volé des lunettes de soleil à la pharmacie – ce jour où j'ai compris que j'envisageais le plus sérieusement du monde d'empoisonner ma femme.

***

L'aconitine. Ou, si vous préférez, l'aconit.

Je suis prêt à admettre que les crises cardiaques de Norah et les inconvénients qu'elles ont entraînés ont pu hâter ma décision de l'assassiner. Mais je sais à présent que j'avais déjà pris cette décision depuis longtemps dans un *recoin* de mon subconscient. L'idée m'est seulement apparue évidente ce jour-là, comme je l'ai compris quand j'ai posé la main sur l'armoire aux substances dangereuses.

J'avais choisi le poison. Il n'en fallait pas beaucoup ; selon le manuel, quatre grains de l'extrait suffisaient. La mort devait survenir dans les huit heures après vertiges, perte de connaissance et défaillance cardiaque ou respiratoire.

Il m'a été très facile d'administrer le poison. Le médecin traitant avait prescrit du pentaérythritol pour les problèmes cardiaques de Norah et du chlordiazépoxide pour ses nerfs. Les deux médicaments se présentaient sous forme de gélules. Je les ai simplement ouvertes et j'ai remplacé leur contenu d'origine par de l'aconitine avant de les refermer et de les mettre dans des flacons étiquetés. Puis, tandis qu'elle était de sortie dans l'une de ses associations, j'ai échangé les bons flacons avec ceux que j'avais préparés.

Elle a pris le poison elle-même.

Ce soir-là quand je suis allé me coucher, j'ai fermé la porte de mon bureau et celle de ma chambre.

Le matin qui a suivi, j'étais veuf.

J'ai remis les vrais flacons à leur place, puis j'ai téléphoné au médecin qui est arrivé dans l'heure. Il a présenté ses condoléances puis, après s'être assuré qu'elle était bien morte, il a signé le certificat de décès indiquant qu'elle avait succombé à une défaillance cardiaque.

Après son départ, j'ai ressenti le besoin de boire un verre. C'était inhabituel pour moi à cette heure mais en vérité, c'était un jour tout aussi inhabituel. Je tremblais légèrement. Peut-être était-ce un réflexe nerveux, ou alors le soulagement. Ça avait été si *facile* !

À ce moment-là, j'ai presque cru au destin. Les crises cardiaques, le médecin qui redoutait qu'elle en fasse une autre, éventuellement fatale, et ces gélules si simples à concocter : si tout cela ne relevait pas de la destinée, alors quoi ? Je n'avais rien fait d'autre que tirer avantage des circonstances.

***

Jenny était bouleversée. C'était prévisible, mais elle l'était bien plus que je ne l'aurais imaginé. J'ai attendu d'être sûr que son crétin de mari soit parti de chez eux pour téléphoner et elle a aussitôt accouru à la maison.

Elle avait l'air étonnée que je ne sois pas au désespoir.

« Tu prends ça très calmement. »

On aurait presque dit une accusation.

« Je ne suis pas un grand émotif. »

Les coins de ma bouche ont légèrement frémi, trahissant mon mensonge.

« Je m'y attendais à moitié, ai-je poursuivi. Elle aurait pu mourir les deux fois précédentes.

– Tu n'étais pas avec elle ?

– Non, ai-je simplement répondu en prenant soin de garder un ton égal.

– N'aurais-tu pas dû l'être ?

– Si j'avais su… »

Je ne comprenais pas l'énergie subtile qu'elle mettait à chercher la faute, et ça m'inquiétait. Son mariage avait révélé cet aspect de sa personnalité et ce n'était pas joli à voir. Désormais, elle était dure. Cassante. Ce n'était plus la Jenny que j'avais si bien connue.

« Elle a appelé ?

– Pardon ?

– Pendant la nuit. Elle a appelé ?

– Non.

– Tu l'aurais *entendue* ?

– Bien sûr, ai-je menti. Les portes étaient ouvertes et comme tu sais, j'ai le sommeil léger.

– Elle est morte, tout simplement, a-t-elle commenté d'une voix sourde.

– Dans son sommeil.

– Juste comme ça.

– C'est la meilleure façon de partir, mon chat », ai-je dit très doucement.

En fait, le ton qu'elle employait n'était pas soupçonneux. Pour autant qu'elle sache, sa mère était décédée d'une crise cardiaque. Selon moi, Jenny était contrariée par ce décès solitaire, mais ses réflexions ne cachaient rien d'autre.

Pour ma part, je ne me sentais pas coupable et n'avais donc rien à dissimuler. La vie de Norah n'avait pas été heureuse et, eût-elle eu voix au chapitre, je pense qu'elle aurait approuvé mon geste. Les souffrances sans fin qu'elle s'infligeait avaient cessé. J'avais donc en un sens fait œuvre de bonté.

Après quelques brefs sanglots et un regard nostalgique à sa mère décédée, Jenny a séché ses larmes et a gagné la cuisine pour préparer du thé fort et très sucré.

Étrange. C'était la première fois qu'on se revoyait depuis son mariage pourtant, malgré la tension due au décès de sa mère, nous n'étions pas mal à l'aise. Elle n'a pas présenté d'excuses, mais étant donné les circonstances, je n'ai pas insisté pour qu'elle le fasse. J'étais content de voir que Jenny m'aimait toujours et j'espérais que tout redevienne comme avant.

On s'est assis dans le salon et on a bu notre thé. Jenny a pris un paquet de cigarettes dans son sac et en a allumé une.

« Encore une chose qu'il t'a apprise ? » ai-je dit en indiquant la cigarette.

Elle a ignoré cette menue critique et, d'une voix sourde, a demandé :

« Tu peux t'en occuper ?

– De quoi ?

– Des formalités. Pour les obsèques.

– Évidemment. »

La question m'a étonné.

Il y a eu un silence, puis elle a dit :

« Qu'est-ce que tu comptes faire ? »

Une nouvelle fois, la question m'a pris au dépourvu.

« Inhumation ou crémation ? a-t-elle demandé d'une voix triste.

– Crémation, ai-je répondu avec assurance. Ta mère défendait la crémation et souhaitait que ses cendres soient dispersées.

– Dispersées ? a-t-elle dit en fronçant les sourcils. Où ça ?

– Au Lake District.

– Mais pourquoi diable... ?

– Plus précisément, dans l'Ullswater.

– Pourquoi l'*Ullswater* ?

– C'est un lieu de mémoire, ai-je répondu, ce qui était la stricte vérité.

– Ah ! »

Elle n'a pas insisté et, après un bref moment :

« Et pour Grand-Père et Grand-Mère ?

– Je pense que tu devrais leur téléphoner, ai-je suggéré. Et si c'est trop loin pour eux, dis-leur que nous comprenons.

– Oh, je pense qu'ils viendront.

– Peut-être. »

***

Les parents de Norah n'ont pas assisté aux obsèques. Ils étaient plutôt âgés et voyager leur était sans doute trop pénible. En outre, je ne les avais pas vus depuis qu'ils étaient partis s'établir dans le Sud et ils savaient que je ne les portais pas dans mon cœur.

La crémation s'est déroulée rapidement, en petit comité, et avec une efficacité sans faille. Jenny, moi-même et quelques amies de Norah avons patienté dans une antichambre inconfortable en attendant la fin du service funèbre qui précédait celui de Norah. Lorsque nous avons quitté l'endroit, nous avons été remplacés par ceux qui devaient assister à la crémation suivante.

Tout s'est passé de manière très professionnelle et sans effusion inutile.

Une cérémonie « sans fleurs ni couronnes » rendue en cela plus austère encore. Un quelconque homme d'Église a marmonné un passage de la Bible d'une voix lasse et affectée, puis le cercueil a été placé dans la file d'attente derrière des rideaux tirés.

J'ai récupéré les cendres deux jours plus tard.

Elles se trouvaient dans le même genre de sac plastique que celles de mon père autrefois. J'ai conduit vers le nord et j'ai pris un bateau sur l'Ullswater. C'étaient les mêmes eaux sombres ondulant à peine et la même fine pellicule de poussière recouvrant leur surface avant de s'y noyer.

Mais cette fois-ci, ça ne signifiait rien.

Ça ne signifiait rien du tout.

***

C'était il y a un peu plus d'un an.

J'ai beaucoup appris cette dernière année... qui a été, je crois, la pire de ma vie. Longue, morne et solitaire. Une année d'une tristesse indescriptible.

Je m'étais peut-être montré trop optimiste. Trop sûr de moi. Trop confiant dans la force de l'amour qui nous liait, Jenny et moi.

Je pensais qu'elle allait revenir, reprendre sa place dans ma vie et être de nouveau « ma » Jenny.

Elle ne l'a pas fait.

Elle ne m'a même pas rendu visite. Je ne l'ai pas vue depuis les obsèques de sa mère.

Je mets ça sur le compte de la canaille qu'elle a épousée. Dieu seul sait comment il s'y est pris, mais il l'a dressée contre moi. Un an plus tôt, j'aurais considéré que cela relevait de l'impossible. Elle *allait* rentrer. Avec le temps, elle *aurait* retrouvé la raison et vu en moi l'unique personne à l'avoir jamais aimée.

Rien du tout !

Par conséquent, si j'ai un jour haï quelqu'un, c'est l'homme qui a épousé ma fille. Lui et lui seul. Même Norah, je ne la haïssais pas.

En fait, ma femme me manque plus que je ne l'aurais cru possible.

Bien sûr, nous n'étions pas « intimes » et ne l'avons d'ailleurs jamais été. Nous n'étions ni « comblés » ni « épanouis », pour employer les grands mots qu'affectionnent les écrivaillons de romances à l'eau de rose, ces nigauds qui déversent sans discontinuer leurs pseudo-émotions dans des romans à deux sous. Mais nous *faisions* chacun partie de la vie de l'autre. Nous étions indispensables l'un à l'autre.

On dit que la solitude est sombre, et même noire. Aucunement ! La solitude n'a pas de couleur. Elle n'a pas de forme, elle est silencieuse... Elle n'est que *néant*. Elle est indescriptible. On ne peut que la subir.

Progressivement, douloureusement, je me suis rendu compte à quel point Norah me manquait. D'aussi loin que je puisse me souvenir, nous n'avions plus couché ensemble. Des années durant, nous n'avions même pas fait semblant d'être mari et femme au sens où tout le monde l'entend. Et pourtant elle avait fait partie de ma vie.

J'aurais pu gérer ce manque si Jenny m'était revenue. Quoique : avec ce que je sais aujourd'hui, la présence de Jenny n'aurait sans doute pas suffi.

Mais sans elle, c'était impossible.

Alors... aurais-je des scrupules ? De la culpabilité, peut-être ?

C'est complexe. Je suis trop impliqué et mon jugement est bien trop subjectif. Tout ce que je sais, c'est qu'en tuant Norah je me suis irrémédiablement fait mal, et que je vis avec ce mal depuis plus d'un an. D'une manière ou d'une autre, je dois me purifier en éloignant le mal.

Je ne peux espérer aucun pardon, mais j'ai besoin de sérénité.

X

L'inspecteur-chef Lyle était un type à l'allure déconcertante. Son enveloppe corporelle semblait difficilement le contenir. Tout en angles, les os saillant sous la peau qui menaçait d'éclater à tout moment sous leur pression, ce n'était pas ce qu'on appelle un « bel homme » mais il sortait de l'ordinaire. De grande taille, il donnait à première vue l'impression d'être maigre, voire efflanqué, mais on aurait eu tort de se fier à son abord gracile. Élancé comme un guépard, il possédait la sveltesse brutale du félin prêt à bondir.

Ses yeux étaient d'une couleur peu commune, un pur bleu pervenche. Ils ne lui donnaient pas un regard dur, mais éclatant et *bel et bien* perçant. Pour ceux qui le connaissaient, ces yeux reflétaient parfaitement la capacité de leur propriétaire à mettre à nu les apparences jusqu'à ce que la vérité apparaisse, débarrassée de ses oripeaux mensongers.

Le pharmacien, Herbert Grantley, n'avait encore jamais rencontré quelqu'un comme Lyle. Sa propension à l'arrogance, nourrie de la vanité inconsciente de l'entrepreneur qui a réussi dans sa petite affaire, n'avait strictement aucun effet sur l'inspecteur-chef, qui ne s'était montré ni déstabilisé, ni intimidé.

D'ailleurs, lors de la pause prise pour boire et manger, Lyle n'avait même pas abordé la raison pour laquelle Grantley s'était rendu au poste de police de Rogate-on-Sands. La conversation avait seulement porté sur les livres et la musique, et Grantley avait été impressionné par les connaissances de l'inspecteur-chef.

Tandis que Lyle le ramenait de la minuscule cantine du commissariat, Grantley comprit qu'ils ne retournaient pas à la salle d'interrogatoire. À la place, ils s'installèrent dans le bureau de Lyle qui, parfaitement détendu, fit jouer les ressorts de son fauteuil pivotant. Grantley, tout aussi détendu, avait pris place dans un fauteuil relativement confortable en face de lui.

« Il y a tellement de questions. »

Lyle eut un petit rire en prononçant ces mots et se pencha pour ouvrir un tiroir dans le bas de son bureau et en sortir un carnet. Il referma le tiroir et posa le bloc-notes sur son bureau où absolument rien ne traînait. Il sortit ensuite un fin stylo plaqué or de la poche de sa veste, et ajouta :

« Il y a bien trop de questions pour se rappeler toutes les réponses. »

Il demanda ensuite à Grantley :

« Votre nom est Grantley... n'est-ce pas ? Herbert Grantley, pharmacien. C'est bien ça ?

– Oui », dit Grantley.

Tout en parlant, Lyle écrivait sur son bloc-notes aux lignes serrées. Son écriture était fine et nette. Il ne relevait pas la tête tandis qu'il posait ses questions et écoutait les réponses.

« Vous affirmez avoir tué votre femme ?

– C'est pour ça que je suis ici.

– Vous l'avez assassinée ?

– Bien sûr.

– Plus précisément, vous l'avez empoisonnée ?

– Je vous l'ai déjà dit. Avec de l'aconitine.

– C'était il y a un an ?

– À peu près.

– Vous avez vécu avec ça pendant une année ? En toute conscience ? Ou culpabilité, si vous préférez ?

– Oui, et je ne peux pas vivre plus longtemps ainsi.

– Cela signifie que c'était une erreur ?

– Je n'ai pas *empoisonné* ma femme par erreur. Ma décision était très réfléchie.

– Mais c'était une décision erronée ?

– Maintenant je sais que oui.

– Et il vous a fallu douze longs mois avant de vous en rendre compte ? dit Lyle en se tapotant le menton avec son stylo.

– Il faut beaucoup s'égarer en chemin avant d'arriver au genre d'aveux que *j'ai* faits.

– C'est un très long chemin quand même. Ou peut-être un chemin *difficile*.

– Je sacrifie ma liberté, inspecteur-chef.

– Pas encore, murmura Lyle. Pas encore, Grantley. C'est à un tribunal, pas à un policier, que revient *cette* décision.

– Je n'ai pas l'intention de plaider...

– Le kidnapping, l'interrompit Lyle, qui le fixa par en dessous sans relever la tête. Pourquoi vous ?

– Je vous demande pardon ? »

Grantley ne s'attendait pas à cette question qui le prit au dépourvu.

« Pourquoi vous ? répéta Lyle. Pourquoi Jenny ?

– Je suis désolé. Je ne...

– Vous n'êtes pas une personnalité très connue, pas plus que vous n'êtes une vedette de la chanson. Ni l'homme le plus riche de Rogate-on-Sands... à moins que vous le soyez ?

– Non. Bien sûr que non.

– Ce qui amène à se poser la question : pourquoi *vous* ? Pourquoi *votre* fille ?

– Ils... ils savaient combien je tenais à elle ? suggéra Grantley. Ils savaient que j'allais payer.

– Qui ça, "ils" ?

– Les kidnappeurs.

– Même en admettant ça... ce qui n'est pas mon cas, énonça Lyle d'une voix traînante, comment ont-"ils" su que vous *pouviez* payer ?

– Dix mille livres ? répondit Grantley d'un ton où perçait le dédain.

– Ce n'est pas beaucoup ? rétorqua Lyle du tac au tac.

– Je suis propriétaire de mon affaire, inspecteur-chef.

– Une affaire plutôt précaire, pourtant.

– Je ne vois pas ce qui peut vous permettre de…

– Je ne me permets pas, c'est *vous*, précisa aimablement Lyle. Les chaînes de pharmacies… vous vous rappelez ? Les raisons que vous avez données à votre femme pour refuser de déménager. Les pharmaciens indépendants qui font faillite tous les jours. *Certains* n'auraient pas pu aligner dix mille livres aussi facilement.

– Dans de telles circonstances, ils l'auraient fait… non ?

– D'un autre côté, relança Lyle, vous n'avez pas complètement tort.

– Désolé, je ne…

– Dix mille. Nous avons affaire à des kidnappeurs plutôt misérables.

– Vous ne pouvez pas jouer sur les deux tableaux, inspecteur-chef, sourit Grantley.

– Je ne joue sur *aucun* tableau. »

Lyle releva la tête et son regard bleu vint figer le sourire de Grantley.

« Vous m'avez tout apporté sur un plateau, l'ami. Je n'ai *rien* demandé. Vous m'avez tout refilé en vrac, et c'est drôlement embrouillé.

– Embrouillé ?

– Très embrouillé, confirma Lyle. Un enlèvement dans une fête à laquelle elle n'avait pas été invitée. Ils se sont incrustés, Grantley. Elle ne sait même pas *qui* organisait cette fichue fête. Apparemment c'était une de ces soirées où tout le monde et n'importe qui peut se pointer et à la dernière minute, votre fille et ses amis décident d'y aller. Et c'est dans *cette* fête que votre fille se fait kidnapper.

– C'est ce qu'on nous a dit, murmura Grantley.

– Et vous l'avez cru ?

– Bien sûr. Nous n'avions aucune raison de ne pas le croire.

– Une organisation criminelle de première ! se moqua Lyle.

– Ils... ils ont sans doute profité de l'occasion. »

C'était une suggestion des plus timides.

« Une fiesta d'ados, continua Lyle. Avec de la musique pop, de l'alcool, des flirts poussés, de la drogue.

– Je n'étais pas au courant de ça.

– *Moi* si, rétorqua Lyle. C'est votre fille qui me l'a dit. Et au beau milieu de ce délire intoxiqué apparaît soudain un bonhomme entre deux âges. Il affiche une bonté toute paternelle qui tape dans l'œil de votre fille. Et comme par *hasard*, c'est le kidnappeur. Je ne crois *pas* une seconde à cette histoire. »

***

Lyle laissa à Grantley le temps de la réflexion. Il attrapa une cigarette dans son paquet et l'alluma tout en observant l'évidente confusion du pharmacien. Il prit ensuite dans un tiroir un cendrier en verre épais qu'il posa sur le bureau à côté de son bloc-notes.

« Alors, embrouillé ? demanda-t-il d'un ton doucereux.

– Vu sous *cet* angle..., lâcha Grantley en haussant les épaules.

– Y a-t-il un autre angle ? s'enquit Lyle qui inspira une bouffée de sa cigarette puis en souffla la fumée vers le plafond.

– Elle a *été* kidnappée, persista Grantley.

– Elle s'est réveillée dans un lit... d'après ce qu'on m'a raconté, nota Lyle, l'air songeur.

– C'est ce qu'elle nous a dit.

– Défoncée jusqu'aux yeux ?

– Oui, acquiesça Grantley.

– En compagnie d'infirmières avec des voix gutturales. Une vue sur les Alpes depuis une fenêtre bien pratique. Il ne manque plus que Conrad Veidt et un scénario d'Eric Ambler et vous avez de quoi vous faire un bon paquet de fric.

– Mais bon sang, inspecteur-chef ! » bougonna Grantley.

Pour la première fois depuis son arrivée au poste de police, il avait l'air ému. Sur un ton grave et profond, il dit :

« Je crois ma fille. Elle ne ment pas.

– Vraiment ? »

Lyle tira sur sa cigarette puis, tout en laissant échapper la fumée de sa bouche :

« Comment est-elle arrivée là-bas ?

– Où ça ?

– À l'hôpital... ou je ne sais quoi.

– Je ne sais pas. Je n'ai jamais demandé. On voulait tous oublier cette histoire.

– Donc, on l'a juste "embarquée" ?

– De toute évidence.

– Et ensuite vous avez reçu le coup de fil ? Le premier ?

– Oui. Le jour qui a suivi sa disparition.

– Chez vous ?

– Chez moi, confirma Grantley.

– Donc, dit Lyle en haussant brièvement un sourcil, quelqu'un connaissait votre numéro de téléphone.

– Il est dans l'annuaire, s'agaça Grantley.

– Ce qui nous ramène au début : pourquoi *vous* ? »

Il enchaîna avant que Grantley puisse placer un mot :

« Pas d'accent guttural cette fois-ci ?

– C'était étouffé. Comme si...

– Je sais. Un mouchoir sur le combiné. Mais c'était en bon anglais ?

– En bon anglais, répéta Grantley.

– Et le deuxième coup de fil ? C'était au pub, si je me souviens bien ? »

Grantley fit signe que oui.

« Vous voyez... »

Lyle tira sur sa cigarette et poursuivit :

« Au moment du *deuxième* coup de fil, votre fille était déjà en... ailleurs, peu importe où c'était.

– En Autriche.

– Peu importe où c'était, répéta patiemment Lyle.

– Inspecteur-chef, je n'aime pas la manière dont vous…

– Mais l'appel ne venait pas de là-bas, l'interrompit Lyle.

– D'Autriche ? »

Lyle opina.

« Je vous ai déjà expliqué, dit Grantley. Ils devaient me surveiller. Ils ont dû attendre de me voir entrer dans le pub pour appeler. Ils devaient craindre que ma ligne fixe soit sur écoute.

– Une sacrée organisation, observa Lyle, amusé.

– Quoi ?

– Des membres ici, à Rogate-on-Sands, d'autres en Autriche, avec accès à des cliniques privées. Assez d'argent pour trimballer la victime d'un bout à l'autre de l'Europe. Et l'incroyable stratégie consistant à l'enlever d'une fête où elle n'avait pas prévu d'aller, avant de téléphoner à son père dans un bar où il s'est rendu *par hasard*. Vraiment une *sacrée* organisation.

– Présenté comme ça…

– C'est comme ça que ça *s'est* passé… non ?

– Oui. Mais…

– Et tout ça pour la fille d'un petit pharmacien de province.

– Je n'apprécie guère cette façon de…

– Tout ça pour dix mille livres. Une misère. Tous ces relais, tous ces membres. Tout ce qu'il a fallu planifier et les frais qu'une telle opération a dû entraîner. Je doute qu'elle se soit révélée rentable. »

***

Grantley respira profondément à plusieurs reprises, comme s'il cherchait à calmer ses nerfs. Lyle se contenta de le regarder et attendit. Lorsque le premier avisa les cigarettes sur le bureau et chuchota « Je peux ? », le second rapprocha le paquet et une pochette d'allumettes du pharmacien. Grantley craqua maladroitement une allumette et sa main tremblait quand il porta la cigarette à sa bouche.

« Il y a une part de vérité, dit enfin Lyle. Nous en avons parlé un peu plus tôt. Vous avez *bien* retiré dix mille livres à votre banque. On a pu le vérifier grâce à vos relevés. Ça, du moins, c'est parfaitement exact.

– Mais pas le reste ? »

Grantley n'affirmait plus rien, il demandait, avec l'air suppliant d'un chien battu.

« Vous avez balancé l'oseille dans un sac de voyage, selon les instructions. Après le deuxième coup de téléphone, votre femme a pris la voiture… et c'est la dernière chose que vous ayez vue. Cet épisode aussi, je suis tout disposé à le croire authentique.

– C'était l'argent de la rançon, souffla Grantley.

– Vous croyez *encore* à cette histoire ?

– Pour l'amour du ciel, qu'est-ce que ça pourrait être d'autre ?

– Bien, dit Lyle en hochant la tête. *Je* suis également disposé à y croire quand vous m'aurez expliqué comment votre femme s'est rendue en France, puis en Autriche et en Suisse avant de rentrer en Grande-Bretagne via la France… le tout *sans passeport*.

– Oh !

– Je ne parle même pas du voyage à l'identique de votre fille. Et ne vous imaginez pas qu'elle a pu être enfermée dans une malle, Grantley. Il faut aussi des papiers pour trimballer des malles à l'étranger. De plus, elle n'était pas enfermée à son retour. »

Grantley lâcha un nouveau « Oh ! » à peine audible.

« Des vacances sur un bateau de pirates. »

Lyle se moquait gentiment, sans malice aucune.

« Original. Audacieux, même. Vous êtes déjà allé à l'étranger, Grantley ?

– Non.

– Et votre femme ?

– Seulement quand elle est… »

Il s'arrêta net et grimaça comme sous l'effet d'une douleur soudaine.

« Sauf qu'elle n'y est *pas* allée, n'est-ce pas ? »

Grantley regarda l'inspecteur-chef et eut un mouvement de tête qui aurait pu signifier n'importe quoi. L'incrédulité, l'acceptation, ou même l'appréhension de ce qui allait suivre.

***

C'était la « technique de l'interrogatoire » dont chaque flic avait une variante préférée. Lyle se connaissait bien et savait que la confrontation musclée n'était pas son genre. Pour lui, il s'agissait plutôt d'ôter un à un les pépins d'une grenade, un exercice de longue haleine qui, si on y parvenait, ne laissait à l'arrivée qu'un fruit évidé, et l'amère quintessence des faits.

Il laissa Grantley s'en imprégner en fumant ce qui restait de sa cigarette. Puis il écrasa le mégot dans le cendrier de verre et reprit.

« Nous pouvons tenir pour acquis que votre femme ne s'est jamais rendue sur le continent, énonça-t-il posément.

– On dirait que non, répondit Grantley d'une voix brisée.

– Et votre fille non plus.

– En effet.

– D'où il suit qu'il n'y a eu aucun "kidnapping". »

Grantley déglutit, puis articula de nouveau :

« On dirait que non.

– L'argent, soupira Lyle. Dix mille livres. Si je raisonne correctement, vous aviez mis cette somme à l'abri peu après vous être arrangé pour qu'il n'y ait que le minimum sur votre compte commun. »

Grantley acquiesça.

« À l'évidence, votre femme avait un besoin urgent d'argent. Plus que ce qu'elle pouvait retirer du compte commun.

– Ça pourrait être une explication, concéda l'homme, non sans réticence.

– Mettons que ce *soit* l'explication, sourit Lyle. Du moins pour le moment.

– C'est une hypothèse très plausible, admit Grantley.

– Et bien sûr votre fille était impliquée.

– Ça ne tient pas debout. Je n'imagine pas Jenny…

– Jenny n'a *pas* été kidnappée, coupa Lyle d'un ton péremptoire. Toutes ces fadaises sur des hommes entre deux âges la ramassant dans des fêtes pas claires, des infirmières autrichiennes, des vues panoramiques depuis une fenêtre, des hôtels suisses… Tout ça, c'est des foutaises ! »

Grantley serra la mâchoire.

« On vous a baladé, cher ami, poursuivit Lyle. Elles étaient toutes les deux dans le coup. C'est *évident*.

– Je… je ne vois pas…

– Mais bon Dieu, mon gars ! Elles étaient *forcément* dans le coup, toutes les deux.

– C'est affreux, haleta Grantley. Vraiment… *affreux*.

– Donc, les messages téléphoniques, souffla Lyle.

– Quoi ?

– Vous avez bien reçu *deux* coups de fil ?

– Absolument.

– Une voix d'homme. Étouffée, mais c'était une voix masculine ?

– Oui.

– Étouffée parce que vous auriez pu la reconnaître si elle n'avait *pas* été masquée ?

– C'est possible.

– Seulement "possible" ?

– D'accord… c'est probable.

– Alors *qui* ?

– Comment diable suis-je supposé le…

– Quelqu'un dans la combine, logiquement ?

– À l'évidence.

– Quelqu'un en qui votre femme et votre fille pouvaient avoir confiance ?

– Bien entendu.

– Je dirais quelqu'un de la famille, pas vous ?

– Je ne vois vraiment pas qui… »

Grantley s'interrompit brusquement et resta bouche bée.

« Un père ? Un grand-père ? énonça lentement Lyle.

– Mais… mais pourquoi aurait-il fait ça ? Pourquoi *ferait*-il ça ?

– Pourquoi votre femme aurait-elle subitement besoin de dix mille livres ? fit remarquer Lyle en souriant. Pourquoi votre fille aurait-elle prétendu avoir été kidnappée ? Pourquoi tout ça ?

– Ça se tient, balbutia Grantley. Seigneur, ça se tient.

– Une excursion dans le Dorset. À Frampton. Un paquet d'argent liquide. »

Lyle compta sur ses doigts.

« Quelque chose dont *vous* ne deviez rien savoir, contrairement à votre femme et ses parents. Une opération délicate qui nécessite une certaine discrétion.

– Je ne vois vraiment pas. »

Grantley secouait la tête en signe d'incompréhension.

« Ce que vous dites fait sens, mais je ne *vois* pas. Je ne vois pas *pourquoi*. »

Lyle sortit une nouvelle cigarette de son paquet et la fit jouer entre ses doigts tandis qu'il poussait un peu plus loin l'interrogatoire.

« Il y a pourtant une raison.

– Je n'y comprends rien.

– Y avez-vous *seulement* réfléchi ?

– Non, dit Grantley, fronçant les sourcils. J'ai toujours cru cette histoire sur parole.

– L'histoire du kidnapping ?

– Bien sûr. Pourquoi n'aurais-je pas… ?

– Mais maintenant vous admettez que ce n'était *pas* un kidnapping ?

– C'est... c'est en effet peu probable.

– Une jeune fille, dit doucement Lyle. La fille d'un père très conventionnel, à l'esprit étroit et borné. Une absence mystérieuse, en compagnie de sa mère. Une somme d'argent conséquente exigée, et obtenue. Elle revient après une semaine et – comment avez-vous dit ça ? – elle est toute pâle et semble avoir perdu son éclat.

– Ce... ce n'était pas un enlèvement ? » lâcha Grantley dans un souffle.

Lyle sourit tristement puis dit :

« Essayez plutôt avec le mot "avortement".

– Mon Dieu !

– Je me demande... »

Lyle porta la cigarette à sa bouche et parla tout en l'allumant :

« On peut facilement vérifier. On peut aussi ne rien faire, mais...

– Non ! Laissez Jenny en dehors de tout ça.

– ... de mon point de vue, nous avons là une jeune femme en parfaite santé dont la mère est relativement conciliante et les grands-parents plus encore. Les grands-parents sont généralement plus coulants. Son père, en revanche – pardon d'être aussi direct – est un casse-bonbons, le genre d'emmerdeur qui vérifie si l'heure donnée à la radio correspond aux montres et aux horloges de la maison.

« Ce sont les personnages de la pièce et voici maintenant le scénario. La jeune femme en parfaite santé tombe enceinte. Elle en parle à sa mère. Aucune des deux n'ose dire quoi que ce soit à l'abruti de père. À la place, elles fomentent un plan pour le faire cracher au bassinet. La fille part chez ses grands-parents, le grand-père passe un coup de fil bidon à son gendre, et la mère les rejoint dans le Dorset. Rendez-vous est pris pour l'avortement de la fille, après quoi elle et sa mère regagnent leur domicile.

On fait passer l'escapade pour un "enlèvement". C'est un plan à la fois élaboré et plutôt simple. Le papy s'est occupé de la partie "téléphone", aidé par la maman qui est bien placée pour savoir où se trouve le mari et à quel moment. »

Lyle se tut, haussa un sourcil interrogateur et s'enquit d'une voix traînante :

« Ça vous *ira* comme ça ? »

Grantley hocha tristement la tête et grommela :

« Il *faudra* bien que ça m'aille… n'est-ce pas ?

– Il le faudra en effet, confirma Lyle en tirant sur sa cigarette. C'est indispensable, sinon l'autre partie de l'histoire ne tient pas… mais moi *je* ne suis pas obligé de croire à la suite de cette histoire. »

***

Les grains serrés jaillissaient du fruit fendu en deux. Vidées de leurs arilles écarlates, les alvéoles de la grenade se racornissaient et s'écroulaient sur elles-mêmes, donnant à la peau éclatée l'apparence d'une bouillie… L'espace d'une seconde, l'effroi se lut dans le regard de Grantley.

« Sacrée nuit qu'on passe là, observa Lyle d'une voix suave. On a bien discuté et j'ai écouté pas mal de foutaises.

– Je ne vois pas ce que vous voulez dire. Je suis venu ici pour…

– Oui, je sais, le coupa Lyle. Mais allons-y mollo. Ne précipitons pas les choses. »

Grantley attendit.

« Parlons de *vous*, suggéra Lyle. Dites-m'en plus sur les petites manies qui *vous* trottent dans le ciboulot.

– Je ne vois vraiment pas ce que…

– Fils unique. Assez choyé… j'imagine. Davantage un copain qu'un fils pour son père, tout particulièrement quand vous l'aidiez à la pharmacie.

– Écoutez, je vous ai déjà dit…

– Pas un de ces gars de la campagne, plutôt le genre bûcheur mais, en même temps, un romantique. Quelqu'un qui lit beaucoup, qui accumule un maximum de connaissances sur la vie... mais de loin, de manière strictement théorique. Jamais vous ne mettez ces connaissances *en pratique.*

– Je ne vois vraiment pas ce que vous...

– Vous rencontrez cette fille, Norah. »

Lyle semblait s'adresser à lui seul, jonglant avec les faits et les hypothèses. C'était encore la « technique de l'interrogatoire ». Pas d'oreille attentive, pas de questions, mais il avançait et, de manière plus subtile, redessinait le portrait du suspect. Il poursuivit :

« Comme vous, c'est une enfant unique, un peu gâtée, mais pas dénuée d'intelligence. Elle est également très romantique.

– Je ne vois pas comment...

– "La route dorée vers Samarcande." J'aime bien ce vers. Non pas que je sois très calé en poésie, mais même *moi* je le connais. Quant à cette bonne vieille piste caravanière qui mène à Samarcande, elle n'a rien de "doré", je peux vous le dire. En fait elle est vraiment très sale, et maculée de crottes de chameau du début à la fin. C'est ce que m'ont raconté ceux qui l'ont prise. Mais la tournure est jolie. Très romantique, idéale pour deux adolescents baignant dans l'amour de la poésie.

– Inspecteur-chef, si vous essayez de...

– J'essaie de vous comprendre, de combler des lacunes. »

Lyle semblait courroucé, presque vexé.

« Vous rappliquez ici, vous m'empêchez d'aller me coucher en me débitant des salades sur un faux kidnapping... et vous pensez que je ne vais pas creuser. Grantley, j'ai besoin de savoir à quel genre de cinglé j'ai affaire.

– Vous ne vous embarrassez guère de diplomatie, commenta Grantley en se penchant pour attraper une cigarette et des allumettes, sans rien demander à Lyle. Tout ce que j'attendais de vous, c'était...

– Vous attendiez de moi que je vous croie. Je suis *au courant*. Vous espériez que je reste assis là, comme un crétin en uniforme, et que je gobe chacun de vos mots. Pas question ! Je suis un policier, Grantley, pas un prêtre. On ne me paie pas pour écouter des confessions et donner ensuite l'absolution. Je suis payé pour *douter*.

– Pour arriver à vos propres conclusions ? grinça Grantley.

– Pour arriver aux *bonnes* conclusions.

– Comme l'idée que je suis ce que vous vous complaisez à appeler un "romantique" ? Vous pensez réellement *ça* ? Est-ce là l'un des...

– Deux adolescents, l'interrompit Lyle, qui contemplent un coucher de soleil. L'un des deux, le garçon, cite Flecker et la fille comprend. Ils sont en harmonie, sur la même longueur d'onde. Ils ne sont pas là pour se tripatouiller par tous les bouts en évitant quand même d'aller jusqu'au bout.

– Vous êtes vulgaire, inspecteur-chef. Vous êtes...

– Normal. Mon seul côté anormal, si on peut dire, c'est que je suis flic. J'ai tout vu, tout entendu. Mon boulot, mon métier, veut que je passe ma vie le nez dans le caca. Ce qui implique en retour que je sais reconnaître quand c'est propre. J'affirme que vous étiez tous les deux des romantiques et, bon sang de bonsoir, ce n'est pas une critique. Au contraire, c'est un compliment.

– Vous êtes timbré. Vous êtes complètement...

– Vous aimiez votre père, non ?

– Bien sûr que j'aimais mon père. Il était le meilleur homme que j'aie jamais...

– Je pourrais vous présenter des gens qui ont allègrement trucidé leur père *et* estimé que c'était normal. Des gens que vous ne pourriez jamais comprendre. Des gens que j'ai *appris* à comprendre, dit Lyle en esquissant un sourire. À vrai dire je n'étais pas très attaché à *mon* père... mais je ne suis pas un romantique. »

Grantley tira sur sa cigarette et demeura silencieux.

Lyle poursuivit :

« Revenons à nos deux adolescents. Les amoureux, les tourtereaux. Bon, votre père a essayé de vous mettre en garde contre cette union. Pas directement, mais il a laissé entendre qu'un mariage n'était pas toujours de tout repos. Ce n'était sans doute pas parce qu'il désapprouvait votre choix d'épouse. Mais vous étiez trop semblables, elle et vous. Vous êtes d'accord ? Et vous vous faisiez trop d'illusions. Vous ne comprenez toujours pas ? Il voulait vous avertir, vous dire que le mariage n'était pas un chemin semé de roses et que si c'était ainsi que vous l'imaginiez, alors vous risquiez de tomber de si haut que vous ne pourriez plus jamais vous relever. C'est de *cela* qu'il voulait vous prévenir, sans doute.

– C'est... c'est possible, marmonna Grantley.

– Mais vous n'avez rien retenu, n'est-ce pas ? railla Lyle. Ce rêve à la Byron était trop ancré en vous. Et le sentimentalisme adolescent a continué à vous guider. Ô, se draper de mots, fantasmer l'existence à travers la musique classique... Ce n'était pas seulement une *partie* de votre monde, mais votre monde *tout* entier... ou du moins le seul que vous étiez capable d'accepter. Mon Dieu, comme vous avez souffert ! À votre travail, devoir vendre des pilules, des remèdes contre les cors au pied, des préservatifs, des contraceptifs en tout genre et des traitements de cheval... alors qu'au fond de vous, vous étiez un esthète et le resteriez. »

***

Les épaules affaissées de Grantley en disaient long sur son état. Certes, les premières lueurs du jour pointaient, mais c'était plus que ça. Son épuisement n'était pas seulement physique, c'était une fatigue au-delà de la fatigue. Quelque part au cours de ce long déballage, quelque chose s'était effondré. Ses certitudes n'en étaient plus et sa posture avachie en attestait, tout comme les rides d'angoisse qui creusaient son visage.

« Je... »

Il s'humecta les lèvres, fit mine de se redresser mais renonça et bredouilla :

« J'ai essayé d'être un bon mari. Je le jure ! J'ai *essayé.*

– Pour la fille que vous avez épousée, concéda Lyle, mais pas pour la femme qu'elle est devenue. Elle a changé, comme tout le monde. Ni pour le meilleur, ni pour le pire. Elle a simplement mûri. Mais *pas* vous.

– J'ai essayé, répéta Grantley d'une voix rauque.

– Vous avez d'abord été un fils à papa avant de devenir le fiston à sa maman, asséna Lyle d'une voix posée mais inflexible. Pour vous, le film n'a jamais pris fin, cette satanée "route dorée vers Samarcande" ne s'est jamais arrêtée. C'était une illusion, un mirage, mais vous ne l'avez jamais accepté car c'était votre "réalité". La soie, les épices, les filles esclaves... Pour vous, tout était *là* et pour l'éternité !

– Norah pensait la même chose. Quand nous restions là à...

– Norah a mûri. Pas vous. »

Lyle se leva de sa chaise. Il desserra le nœud de sa cravate et se mit à faire les cent pas en prenant la voix dédaigneuse d'un proviseur sermonnant un élève indiscipliné.

« Grantley, vous défiez toute compréhension. C'est à désespérer. Vous avez épousé une femme, que vous avez supposément choisie, mais c'est *tout* ce que vous avez fait. Vous avez joué le rôle, dit ce qu'il fallait dire et porté les vêtements adéquats. Et ça s'est arrêté là. Après... plus rien. Vous n'avez jamais endossé les *responsabilités* de base.

– Je lui ai offert un bon foyer. Je...

– Vous pouvez offrir un "bon foyer" à un chien, à un chat ou à une saleté de lapin domestique. Nourriture, chaleur et abri. Voilà à quoi se résume un "bon foyer".

– Je ne suis pas... pas...

– Je sais. Vous n'êtes pas "démonstratif". Vous me l'avez déjà dit une bonne douzaine de fois et d'une douzaine de manières différentes. Vous n'êtes pas du genre "émotif". Pas d'amour, pas de haine… rien du *tout*.

– C'est vrai. Je n'y peux rien si…

– Et en ce qui concerne votre fille ? »

Grantley baissa encore la tête. Il ne répondit pas.

« Une enfant, n'est-ce pas ? » s'acharna Lyle.

Il cessa de faire les cent pas, s'appuya, bras tendus, sur le bureau et jeta d'une voix sourde tout son mépris à l'homme accablé.

« L'épouse en savait assez pour ne pas rester éternellement esclave de votre "route dorée" imaginaire. Mais vous aviez désormais quelqu'un d'autre. Quelqu'un d'assez jeune et impressionnable pour se laisser modeler à *votre* guise. Une nouvelle esclave, fraîche et immaculée. Malléable. Toute à vous, à condition de la préserver de l'influence de l'épouse qui vous avait percé à jour.

« *Voilà* pourquoi vous fermiez les portes, Grantley. Pour que nul ne viole ce monde intime où les illusions et la musique l'emportaient sur la réalité, un monde à deux clés seulement, la vôtre et la sienne. *Voilà* ce qu'était en réalité votre Samarcande, et la "route dorée" y menant, c'était la porte derrière laquelle se trouvait votre monde imaginaire. Une absurdité. Un fantasme d'adolescent. Une chimère ridicule qui vous servait d'échappatoire.

– Ce… ce n'était pas ridicule, murmura Grantley. C'était magnifique et idyllique. C'était…

– *C'était un mensonge !* »

***

« Vous savez… »

Lyle avait repris son siège et allumé une autre cigarette. Le changement de ton dans sa voix augurait une nouvelle variation de technique d'interrogatoire. Cette fois-ci, il allait lui faire le coup du « je-ne-peux-pas-y-croire », gentiment feindre l'étonnement et l'incrédulité. Étirant soigneusement chaque mot, il énonça :

« Vous savez, Grantley, si je ne l'avais pas entendu de votre bouche, si je n'avais pas *été présent* ici même, je n'y aurais pas cru ; un homme d'une telle éducation, aller s'imaginer qu'il peut vivre en dehors de la société.

– Non. Ce n'était pas ça. Pas tout à fait, *en tout cas*. »

Lyle ignora cette faible protestation.

« Un homme de *votre* intelligence. Sa femme ne veut pas le rejoindre dans son monde, alors il l'empoisonne.

– Elle était... elle était insupportable. En fait, je...

– Oh, *allez* ! sourit Lyle. Elle partageait trop peu de votre vie pour l'*être*. Elle n'était presque jamais là. Elle passait l'essentiel de son temps à apprendre à faire des confitures et des couvre-lits en patchwork. Quant à vous, vous étiez soit à la pharmacie, soit enfermé dans votre bureau. Vous ne dormiez pas ensemble ; vous n'occupiez même pas la même chambre.

– J'ai essayé, lâcha Grantley dans un souffle.

– À votre manière, concéda Lyle.

– J'ai vraiment essayé.

– À votre manière, répéta Lyle, mais visiblement, ce n'était pas la *bonne* manière. Enfin je suppose. Maintenant – autre supposition – si vous aviez été aussi patient avec elle que vous l'étiez avec votre fille... »

Il laissa sa phrase en suspens et il y eut un silence.

Puis Grantley bafouilla :

« C'était une enfant.

– Au début, admit Lyle.

– Je... »

Il déglutit, puis dit :

« Je l'ai guidée.

– Pourquoi ne pas avoir "guidé" sa mère ?

– Elle n'écoutait rien. Elle avait changé.

– Comment aurait-elle *pu* écouter ? Il y avait une porte fermée entre vous.

– Inspecteur-chef, dit Grantley d'une voix pesante, vous ne connaissiez pas ma femme. Vous ne pouvez pas comprendre.

– Et vous ?

– Comment ?

– Vous pouvez comprendre ? Même essayer ?

– Vous pensez que tout est *ma* faute ? demanda-t-il gravement, plein d'auto-apitoiement et d'amertume.

– Vous n'êtes pas *exempt* de toute faute, lui répondit calmement Lyle. Vous n'êtes pas *parfait*… sinon vous ne seriez pas ici.

– Je suis venu dans un but précis, inspecteur-chef, dit Grantley en se redressant. Je suis venu ici pour me confesser – m'alléger d'un fardeau, si vous préférez. Me débarrasser, comme si c'était possible, du poids de la culpabilité.

– Pourquoi ? » demanda Lyle, l'air candide.

Grantley leva la tête et le regarda.

« Pourquoi ? répéta Lyle.

– Cette question *demande*-t-elle vraiment une réponse ?

– Toute question mérite réponse.

– Très bien. Est-ce une question que *vous* devez poser ?

– Pourquoi pas ?

– En tant qu'officier de police haut gradé. Un homme franchit la porte de votre commissariat, désireux de soulager sa conscience…

– Ah ! s'exclama Lyle, bondissant sur l'occasion. Nous en sommes à évoquer la conscience ? La *vôtre*, en particulier ?

– Je suis fatigué, inspecteur-chef. »

De fait, Grantley avait l'air épuisé.

« Ça semblait tellement facile. Il me fallait juste le courage de venir jusqu'ici et…

– Et maintenant… le *courage* ? dit Lyle, d'une voix chargée de sous-entendus.

– Si vous croyez que c'était facile de…

– Le courage ? » demanda gentiment Lyle, mais c'était une question piège.

Puis l'inspecteur-chef ajouta :
« Courage ?... ou calcul ? »

***

À l'est, par-dessus les toits de la ville, le ciel s'éclaircissait progressivement. L'aube toute proche était à Rogate-on-Sands un moment particulièrement froid. Froid et métallique, jusqu'à en devenir inquiétant. Comme si la nature réclamait impitoyablement son dû pour la beauté du crépuscule à venir, quand le soleil regagnerait l'ouest.

Dans la ville, les ouvriers levés avant l'aube commençaient progressivement à remplir les rues désertes. Les policiers voisinaient avec les employés au nettoyage des bureaux. Le personnel hôtelier s'affairait dans les couloirs vides et les cuisines. Les employés de la poste se rendaient à pied ou en deux-roues au centre de tri et ceux du chemin de fer convergeaient vers la chaleur des buffets ouverts vingt-quatre heures sur vingt-quatre, en attendant les arrivées de trains et de taxis. Ces habitants de Rogate-on-Sands savaient combien la ville pouvait être froide et désertique, un endroit battu par le vent glacé d'Irlande qui embuait les yeux de larmes, fouetté par les tourbillons de sable en provenance des dunes.

Pendant quelques heures, surtout durant les mois d'automne et d'hiver, Rogate-on-Sands cessait d'être une petite cité balnéaire vaguement snobinarde pour se muer en lieu farouche et inhospitalier.

Cette hostilité s'était infiltrée dans le bureau de Lyle. Une aube très spéciale s'apprêtait à poindre et les radiateurs du chauffage central se révélaient impuissants à combattre un froid qui n'avait que peu à voir avec la température de la pièce.

« Façonner un être humain, grommela Lyle, le modeler selon *votre* désir, sans considération pour le *sien*. C'était, selon moi, le but de l'opération.

– Pas délibérément, protesta Grantley. Peut-être bien... mais pas *délibérément*.

– C'était entièrement délibéré, le contredit Lyle. D'abord votre femme, puis votre fille. Vous avez échoué pour la première, réussi pour la seconde.

– Parce que vous estimez que j'ai *réussi* ? cracha Grantley avec un mépris souverain. À faire d'elle ce que je *voulais* ? Alors qu'elle s'est mariée avec ce minable qui ne mérite même pas de l'appeler par son prénom ?

– C'était après le fiasco du pseudo-kidnapping.

– Elle est tombée enceinte, c'est tout. Ce n'était pas...

– Les femmes ne "tombent" pas enceintes ! »

D'un seul coup toute la mise en scène fut balayée. C'en était fini des préliminaires. Lyle était l'inspecteur-chef, corps et âme. Son ossature en parut encore plus anguleuse. Derrière ses lunettes, le regard se durcit, et la voix se mit au diapason. Il répéta :

« Les femmes ne "tombent" pas enceintes, Grantley. Avant d'arriver à cet *état* intervient un acte important appelé l'accouplement.

– Je ne sais pas qui...

– Un acte important appelé l'accouplement, dit de nouveau Lyle. J'ai vu votre fille, Grantley. Je lui ai parlé. J'ai écouté ce que vous aviez à me dire à son sujet. Je ne crois *pas* que ce soit une de ces prostituées qui tapinent dans la rue...

– Si vous en avez même *douté*, je...

– Je n'en doute *pas*. »

Lyle ne lui laissa pas le temps de placer un mot. La séance nocturne touchait à sa fin. Il commença à marteler férocement les clous mis en place, les enfonçant l'un après l'autre avec l'assurance impavide du professionnel authentique.

« Avec Jenny, ce n'était pas du désir charnel. Ce n'était même pas une erreur. Elle faisait confiance... Elle a fait confiance à la mauvaise personne. »

Grantley ouvrit la bouche comme pour dire quelque chose et la referma aussitôt.

« Un amour mutuel, avez-vous dit ? »

La question était soigneusement formulée pour provoquer une réaction.

« Quoi ? »

Grantley parut sonné, presque abasourdi.

« Entre Jenny et le père de son enfant avorté ?

– Bien sûr. Jenny n'aurait pas...

– Jenny, qui était partie intégrante du monde de cet homme ? Une partie essentielle de son monde ?

– Écoutez, je ne vois pas ce que...

– Jenny n'est pas le genre de personne qui commettrait l'acte avec *n'importe quel* homme. Elle était donc partie intégrante de *son* monde. Une partie vraiment vitale.

– J'étais venu ici pour confesser le meurtre de ma femme, s'étrangla Grantley.

– Ah oui, c'est vrai, un meurtre », fit Lyle comme s'il venait seulement de se rappeler.

Il se pencha en avant et ajouta :

« Mais reprenons les choses pas à pas, d'accord, Grantley ? Le meurtre, c'est le pompon, tout en haut de l'échelle, alors descendons de quelques degrés. Passons sur le kidnapping qui n'en était pas un, et occupons-nous d'abord du crime d'inceste, commis par *vous* sur votre fille. »

***

On y était. Tout s'était déroulé pour en arriver à ce point crucial. Et le plus beau, c'est que Grantley s'était en quelque sorte piégé tout seul avec ses aveux. Habilement piloté, il avait lui-même assemblé les pièces du redoutable mécanisme qui se refermait à présent sur lui. Lyle n'avait plus qu'à cueillir sa proie frémissante et, avant que Grantley ne puisse même penser à s'échapper, il le coinça encore davantage.

« Si vous songez à nier, Grantley, je préfère vous avertir. Je suis prêt à interroger votre fille *et* votre belle-famille. Je suis également prêt à retrouver les personnes qui se sont chargées de l'avortement pour *les* questionner. Donc, avant de *me* traiter de menteur, réfléchissez bien. Je suis déterminé si besoin est à prouver que le menteur, c'est vous. »

Grantley serra ses lèvres desséchées, puis les humecta du bout de sa langue.

« On m'a dit que c'était un sur dix. »

Lyle accusait, implacable.

« Dix pour cent des jeunes. Par la nature des choses, la plupart sont des filles. Une sur dix, donc, et ce ne sont que les chiffres "officiels" – les chiffres disponibles, *avérés*. Son père, son oncle, son frère aîné, un des fumiers qu'on lui a appris à respecter, et qui profite de la situation. Parfois, c'est "seulement" des mains baladeuses. Mais il y a aussi des salauds qui n'hésitent pas à aller jusqu'au bout, comme vous.

– Je… je… je…

– Taisez-vous ! »

Lyle abattit le plat de la main sur la table. Il exprimait une certitude absolue, terrifiante, lorsqu'il asséna :

« C'est un puzzle, Grantley. Tout ce que vous avez fait et dit, toutes les phrases que vous avez prononcées sont autant de pièces qui ne signifient rien séparément, mais si on les assemble, le puzzle est reconstitué. Et c'est exactement ce que vous avez fait cette nuit, Grantley. »

Lyle pointa sur l'homme un doigt accusateur et, d'un ton sourd :

« Je sais ce que je vois, Grantley. Je le sais *précisément*. Je n'*aime* pas ça, mais je sais le *reconnaître*. J'ai vu bien trop d'ordures. J'ai passé la moitié de ma vie à alpaguer des pourritures dans votre genre et à me retenir de les étrangler. Vous n'êtes ni le premier ni le dernier. »

Il n'y eut ni scène ni cris. Au contraire, la voix de Lyle devenait moins sonore au fur et à mesure qu'il déroulait son monologue. Mais le dégoût subsistait, ainsi que la colère envers cet homme qui était entré dans un poste de police en pensant pouvoir duper des limiers professionnels entraînés et rompus à débusquer les fourberies en tout genre.

Grantley ne se faisait plus aucune illusion. Les dernières graines avaient giclé de l'enveloppe, et le fruit complètement évidé n'était plus qu'un amas informe de pulpe et d'écorce.

« J'aimais Jenny, gémissait-il encore d'un râle indistinct sortant à grand-peine de sa gorge et de sa bouche desséchées. Je l'*aimais*.

– Vous n'aimez personne. »

Lyle se leva. Il enfonça les mains dans les poches de son pantalon et se remit à faire les cent pas d'un bout à l'autre de son bureau. Les mots étaient cassants, les phrases brèves et acérées. Il n'exprimait pas d'opinion, mais des conclusions pavant la route vers la certitude et la vérité.

« Vous n'aimez personne, Grantley. Personne ! À part vous. Vous n'arrivez même pas à vous faire des *amis*… alors, *aimer* quelqu'un…

« Toutes vos palabres sur le célibat. *Vous* n'étiez pas célibataire, Grantley. Vous aviez votre *fille*. Dieu seul sait comment vous faites, vous et vos semblables… Quelles histoires vous racontez, quelles excuses vous trouvez, quels sales mensonges vous inventez. Mais vous légitimez vos agissements, à vos yeux et auprès des enfants. Apprendre l'Histoire, peut-être. »

Le ton de Lyle demeurait glacial, mais se fit songeur.

« Les souverains de l'Égypte ancienne, hein… ? Chapitre et verset. Les pharaons le faisaient. Des sœurs épousaient leurs frères. Et les empereurs romains – mais oui, gardons ça en famille. Les pères couchant avec leurs filles, les mères avec leurs fils, les frères sautant leurs sœurs. Vous êtes un lettré, Grantley. *Vous* aviez les moyens de justifier ça. Même via la Bible. L'Ancien Testament, les patriarches hébreux. L'inceste était la norme à l'époque. Vous pouviez le justifier, Grantley. Avec la bénédiction de la Bible et une fille pas très futée. C'était si facile. Si *diablement* facile.

– J'aimais Jenny, croassa Grantley.

– Aimer ? »

La voix de Lyle redevint acérée comme l'acier.

« Vous appelez ça comme ça ? C'est ce que vous lui avez raconté pour vous disculper ? Et quand vous lui avez mis un polichinelle dans le tiroir, c'est *aussi* ce que vous avez dit ? »

Lyle marqua une pause avant de poursuivre :

« Elle ne vous aimait pas... c'est sûr. Elle ne vous faisait même pas *confiance*. C'est à sa mère qu'elle a parlé. Cela a dû être un des moments les plus difficiles de la vie conjugale de votre femme. Entendre de sa fille qu'elle avait été engrossée par *vous*. Mon Dieu ! Quelle épreuve cela a dû être.

« C'est pour ça qu'ils vous ont baladé, mon vieux. Votre belle-famille, votre femme, votre fille. Ils ont manigancé cette histoire de "kidnapping". Pour vous flanquer la trouille et vous mettre dans l'embarras. Pour vous faire cracher au bassinet, pour vous faire payer. C'est clair comme de l'eau de roche. Plutôt nul, comme escroquerie, mais vous étiez si fichtrement sûr de vous, si arrogant et imbu de vous-même. Pourquoi un petit pharmacien de province ne se ferait *pas* enlever sa fille quand il n'est autre que le *grand* Herbert Grantley ? Vous ne vous êtes même pas rendu compte de ça !

– J'ai compris plus tard, maugréa Grantley.

– Plus tard ? railla Lyle.

– Norah a fait des allusions. J'ai compris.

– Non. Votre femme vous l'a dit. »

Lyle commençait à en avoir assez de souligner l'évidence.

« Un type comme vous. Votre fille épouse son Walter et vous prive de votre petit jouet. Elle est en sécurité, hors d'atteinte. Alors pourquoi votre femme se *retiendrait*-elle de vous raconter l'histoire ? Pourquoi est-ce que ce ne serait pas à son tour de jubiler ? Vous lui avez fait vivre un enfer et elle est humaine.

– Elle a fait des allusions. J'ai compris, répéta l'homme.

– Suffisamment d'allusions, railla Lyle, pour qu'un connard arrogant comme *vous* finisse par comprendre.

– Je la haïssais. »

Les mâchoires de Grantley étaient tellement serrées que son aveu en était quasiment inaudible.

« Bien entendu… mais pas autant qu'*elle vous* haïssait.

– Oh non, oh non ! s'exclama Grantley en secouant frénétiquement la tête. C'est *moi* qui l'ai empoisonnée… vous vous souvenez ? »

***

Lyle revint à son bureau. Il ne reprit pas sa chaise mais posa une fesse sur un coin de table. L'une de ses jambes se balançait librement lorsqu'il attrapa le paquet de cigarettes, en saisit une, et l'alluma.

Puis il demanda :

« Pourquoi diable est-ce que je ferais votre sale boulot, Grantley ? »

Grantley regarda son bourreau d'un œil soupçonneux.

« Votre femme a subi trois crises cardiaques. La troisième a été fatale.

– Non, elle a eu *deux* attaques. Elle est morte…

– Je peux *prouver* qu'elle en a eu trois. Avec les dossiers médicaux et le certificat de décès.

– J'ai déjà avoué que je…

– Vous l'avez fait incinérer et vous avez jeté les cendres dans l'Ullswater.

– Ça ne veut pas dire que je ne l'ai pas…

– Je vous le demande encore une fois. »

Tout en balançant son pied, Lyle fixait l'homme qu'il avait symboliquement écorché vif. Il tira sur sa cigarette et répéta la question :

« Pourquoi diable est-ce que je ferais votre sale boulot ?

– Je… je ne comprends pas.

– Votre femme est morte. »

Le ton était détaché, dépourvu de toute autre émotion que le mépris. Le flux des mots était régulier, constant, sans accentuation. Ils dispersaient les derniers lambeaux de morgue d'un homme déjà dépouillé de toute dignité et d'estime de soi.

« Votre femme est décédée, à cause d'une crise cardiaque ou de l'aconit. Elle n'est plus. De surcroît, elle ne peut être exhumée. Même ses cendres ne peuvent être examinées. Elle est partie… pour toujours.

« C'était il y a un an. Vous avez attendu un an, Grantley. Une année entière. Le sentiment de culpabilité ne grandit pas. C'est un mensonge, chéri par les romantiques et les romanciers avides de sensationnalisme. Il ne *grandit* pas, il disparaît. S'il *existe,* c'est dès le début. C'est un mélange de culpabilité et d'horreur. Il est *possible,* rarement mais *parfois,* que cette combinaison conduise le criminel à se rendre. Mais avec le temps, ça lui passe. Il apprend à vivre avec, il oublie. Il se félicite même d'avoir échappé aux conséquences de son acte.

« C'est le vrai monde, Grantley. Tel que je le connais sous toutes ses coutures. Ce n'est pas la culpabilité qui vous a amené ici. Pas l'impossibilité de vivre avec l'idée de ce que vous avez fait… en admettant, pour l'instant, que vous l'ayez *fait.*

« Je vais vous dire ce que je pense, poursuivit Lyle en inspirant une bouffée de cigarette. Mon hypothèse, fondée sur des années d'expérience et la connaissance étendue du genre de type que vous êtes.

« Votre femme est décédée depuis un an. On compatit. Ce pauvre homme, qui va devoir gérer ça tout seul. Quoi de plus naturel que de voir sa fille le prendre sous son aile. Lui rendre visite le plus souvent possible. Peut-être même, n'est-ce pas… *revenir* à lui.

« Elle a été, en somme, sa première "maîtresse". Il a été son premier "amant". Pourquoi ne quitterait-elle pas son mari ? Pourquoi ne pas retourner au jardin d'Éden… le serpent et tout le tintouin ?

« Voilà ce que je crois, Grantley. C'est ce que vous aviez planifié et que vous attendiez. Mais ça ne s'est pas passé comme prévu. »

Lyle fit une pause et il y eut un silence, lourd et horrible. Celui de la défaite et en même temps, celui d'un homme dans l'impossibilité de nier. Lyle laissa ce silence s'épaissir avant de reprendre :

« Vous voulez que ce soit *moi* qui dise à votre fille que vous avez assassiné sa mère. Voilà pourquoi vous êtes ici. Pourquoi vous avez rappliqué avec vos mensonges et vos semi-vérités.

– Je l'ai empoisonnée », souffla Grantley.

Lyle s'autorisa l'esquisse d'un bref sourire.

« Je ferai une déposition complète, si c'est ce que vous souhaitez.

– Non… ça, c'est ce que *vous* souhaitez, commenta Lyle en écrasant sa cigarette dans le cendrier. Ce que vous ne voulez *pas*, en revanche, c'est croupir en prison. Quoi, un homme comme vous, en taule ? Ne prenez pas vos rêves pour la réalité, Grantley. Vous voulez la célébrité. Vous voulez que votre fille soit à la barre des témoins et qu'elle y soit interrogée. Vous voulez une intraitable guérilla d'experts médico-légaux, avec *elle* comme cible. Voilà ce que vous désirez *vraiment*.

« Vous ? Entre nous soit dit, je commence à vous croire. Peut-être *avez*-vous empoisonné votre femme. Si c'est le cas, vous avez réussi le crime parfait. Pas de corps, pas de preuve. Selon les papiers officiels, elle est décédée d'une crise cardiaque.

« On se fiche comme d'une guigne de ce que vous pouvez bien raconter aujourd'hui. Vous sortirez libre du tribunal. Avant que le jury ne se retire pour délibérer, vous aurez *prouvé* que vous ne l'avez pas tuée. Les flics passeront pour des imbéciles et la presse fera ses choux gras de l'affaire en soulignant combien il est dangereux pour le citoyen lambda d'aller inconsidérément voir la police. *Mais votre fille saura et croira.* »

Lyle se redressa et se dirigea vers la porte. La main sur la poignée, il murmura :

« Allez, Grantley, dehors.

– Vous… vous voulez dire…

– Allez le lui dire vous-même. Employez la manière douce, si c'est mieux… ou alors la manière *forte.*

– Je vais en référer à plus haut que vous, Lyle, menaça Grantley. Au chef de la police s'il le faut.

– Qui enverra le dossier suivre la filière et redescendre jusqu'à *moi,* sourit Lyle. Je le lirai et le retournerai avec la mention "insuffisance de preuves".

– Je l'ai *tuée.*

– Faites avec », dit Lyle en ouvrant la porte.

Il était d'un calme olympien lorsqu'il ajouta :

« Et si vous n'y arrivez pas, vous pouvez toujours recourir au poison. La nouvelle de votre suicide ne risque pas de me tirer des larmes. »

Lyle rentra chez lui en passant par la promenade, où il fit halte. Il gara sa voiture et marcha jusqu'aux rambardes qui bordaient le chemin. La marée haute était proche. Les eaux grisâtres de la mer d'Irlande éclaboussaient doucement les blocs de granit qui formaient le soubassement de la promenade.

Il faisait froid, un temps vraiment hostile. Les flots qui se retiraient faisaient des bruits de succion dégoûtants et l'écume ne cessait de remuer une crasse impossible à identifier.

Est-ce que ça en avait valu la peine ? Est-ce que ça en valait *encore* la peine ?

Lyle ne savait plus. Il avait pris une décision il y a longtemps, en jouant mentalement à pile ou face. Peut-être que ce n'était pas la bonne.

Il haussa les épaules.

C'était le boulot et ce pour quoi il était payé. Bon ou mauvais, il avait fait son choix. Pas de médaille à attendre dans le premier cas, sa tête sur le billot dans le second.

Il haussa de nouveau les épaules, tourna le dos à la mer et repartit vers sa voiture.

Imprimé en France
par Normandie Roto Impression s.a.s. à Lonrai
N° d'impression : 2003810

MIXTE
Papier issu de
sources responsables
FSC® C003309
FSC
www.fsc.org

Les papiers utilisés dans cet ouvrage
sont issus de forêts responsablement gérées.